김보통의 내 멋대로 고민 상담

살아, 눈부시게!

김보통 지음

- - - - - - - - - - -

위즈덤하우스

차례

고독이

이름의 유래는 '고독(孤獨)하다'의 고독과
그래도 간다는 의미의 'Go! dog'에서 따왔습니다.
기본적으로는 긍정적인 성격이나
사실 대책 없는 쪽에 더 가까워 이런저런 곤란에 처하지만,
그래도 뚜벅뚜벅 나아갑니다.

미묘

뚜렷하지 않고 묘한(미묘微妙) 대답을 해 주는
예쁜 고양이(미묘美猫)지만 사실 이름의 유래는
맛있는 걸 좋아하는 고양이(미묘味猫)입니다.
또한 대체로 상대의 편에서 이야기를 들어줘
미움받지 않는 고양이이기도 합니다.

노골이

음흉한 표정으로 노골적인 이야기를 해 주는 노골이는
사실 목표 없이(No goal) 살기 때문에 이런 이름이 붙었습니다.
웃는 얼굴에 침 뱉는 식의 답이지만
마냥 허튼소리만 하는 것은 아니어서
밉지만은 않습니다.

네 인생 네 멋대로 자존감

대충 살아

뭐가 되든, 되지 않든

응원할 테니까

뜻대로 되지는 않겠지만

저는 가끔 그 누구도 제게 관심이 없다는 사실에 절망하곤 합니다.
사실 어찌 보면 당연한 건데도요.
사실 전 다른 사람의 시선을 너무 많이 신경 씁니다. 극소심!
이런 제가 너무 싫고, 때로는 다른 사람을 지나치게 신경 쓴 나머지
제 인생을 낭비하는 것 같은 기분도 듭니다.
이런 문제는 제가 자존심이 낮은 것에서 기인하기도 합니다.
그래도 성인이 된 지금은 마트에 가서 물건을 살 정도로
호전되었습니다만, 아직도 많이 힘듭니다.
변화하고 싶습니다.

태생이 변방이라 어디 비빌 곳이 없어 서러운 일 겪을 때가 많다.

지금보다 어렸더라면 이 서러움을 사람들에게 이야기했을 것이다.

이 나이 먹어 배운 점이라면, 사람들은 내 서러움에 관심이 없다는 것이다. 벗어날 방법은 내 영역을 만들어 나가는 것뿐.

Q

저는 정말 잘난 구석이 하나도 없는 것 같아요.
공부도 못하고, 노래도 못 부르고, 춤도 못 추고,
끈기도 없고, 가정 형편도 안 좋고….
이런 제가 나중에 뭘 할 수 있을까요?
미래가 너무 암울해요.

불의에 맞서거나, 도전을 하거나, 꿈을 좇거나 하는 것은 받쳐 줄 수 있는 지지 기반이 있을 때 가능한 일인 경우가 많다.

그렇지 않고 해내는 것은 훌륭한 일이지만, 운이 따라 주지 않을 경우 근성이나 의지만으로는 해결하기 어려운 경우도 많다.

그러니 탓해야 할 것은 사회적 지지 기반이 존재하지 않는 현실이다. 불의하는 것을 알고, 도전해야 한다는 것을 알고, 계속 꿈꿔야 한다는 것을 알지만 받쳐 줄 무언가가 없는 사회에서 무모한 도전을 종용하는 것은 가혹한 일이다. 그러니 비난과 분노의 화살은 이제 그만 다른 곳으로 돌렸으면 좋겠다.

끊임없이 등록금을 올리는 대학이라든지, 고객의 진상 짓을 일일이 다 받아 줘야 하는 고용 현실이라든지.

Q

지금 이 상황이 너무 힘들어서
도망치고 싶어요.
저는 도망만 치는 실패자인가요?

후일을
도모할 줄 아는
책략가입니다.

사기 치고
도망가는 건
아니겠죠?

눈부신 곳에 머무르는 이에겐 어둠 속에 머무르는 자들의 모습이 보이지 않을 것이다. 아름다운 세상 속에 살고 있으니 설령 본다 해도 믿지 못할지도.

아니, 스스로의 힘으로 어둠 속에서 기어나와야 한다고 생각할지도. 하지만 어느 누가 스스로의 힘으로 처음부터 빛날 수 있을까.

부디 낮은 곳으로 더 낮은 곳으로, 어두운 곳으로 더 어두운 곳으로 관심을 가져 주길. 그런다고 당신의 그 아름다움이 더럽혀지지 않을 테니까.

(많이 부족하지만) 나는 그러한 가려진 것, 버림받은 것, 소외된 것, 상처받은 것들을 비출 수 있는 그림을, 글을, 만화를 그리고, 쓰고, 만들고 싶다.

아름다운 이들의 아름다운 이야기들은 다른 이들이 많이 해 주고 있으니 뭐, 나쯤이야.

Q

저는 대학교 4학년이에요.
그런데 한심하게도 하고 싶은 게 없어요.
제가 뭘 좋아하는지도 모르겠어요.
정신 차리고 잘해 보려고 스스로를 채찍질해도
왜 그래야 하나 싶고 그냥 다 지치네요.
뭐하러 사나 싶고
저를 포기하고 싶은 마음이 자꾸 들어요.
점점 감당이 안 될 정도로요.
이럴 땐 어떻게 해야 하나요?

만화를 처음 그릴 때 뭘 어떻게 해야 할지 몰라 물어보니 '그런 고민하지 말고 일단 그리세요'라는 답을 들었다.

그 뒤로 그저 그리고 있다. 그런데 그게 중요한 것 같다. 계속 그려서, 계속 마감을 하는 것.

그래서 지금도 그저 그린다. 어떻게든 빈 화면을 채워 나간다. 매주 정해진 분량을 꾸역꾸역 그려 나간다.

물어볼 사람도 없고, 알려 줄 사람도 없고, 설령 알려 준다고 해도 시간이 없었다. 아득한 시간. 지금도 캄캄하지만.

Q

주변 눈치를 너무 많이 봐요.
어떻게 해야
눈치를 보지 않는 사람이 될 수 있을까요?

며칠 전부터 당당함과 비굴함에 대해 생각하는데, 처음엔 보통 비굴하거나 겸손하다가

어느 시점에 자신이 당당해도 되는 여건이 갖춰졌다 싶은 때가 되면 당당함이 나타나는 것 같다.

그런 때가 오지 않은 사람에게 '당당하게 살아갈 것'을 강요하는 건 불친절한 거다.

그러니 '나는 이렇게 당당한데, 너는 왜? 비겁한 놈!'이라는 말은 조심합시다. 저는 앞으로도 쭉 비굴한 사람으로 남았으면 좋겠습니다.

Q

의지가 너무 약해요.
어떻게 하죠?
특히 먹는 걸 못 참겠어요. ㅠㅠ

제 팬클럽 회원이 되고, 저염식을 실천하고, 매일 유산소 운동을 한 시간씩 하면 살이 빠집니다. 진짜입니다.
또한 제 만화 『아만자』를 사면 치킨 사 먹을 돈이 없는 관계로 역시 살이 빠집니다. 이것 또한 진짜입니다.

Q

가끔 저 사람이 죽었으면,
하루라도 빨리 죽었으면 하는 생각을
하곤 합니다.
그런 제가 혐오스러우면서도
모든 사람이 갖고 있는 이면이란 생각으로
합리화시킵니다.
가끔은 제가 도덕이라는 탈을 쓴
악마라는 생각이 드네요.

다른 말로
이성을 가진
인간이라고도
하지묘.

나는 사람에게 기대하지도 실망하지도 않으려고 한다. 누구나 어리석은 생각을 어느 정도씩 하며 살고 있기 때문에.

실수로 새어 나온 그 어리석음에 실망할 이유도 없고, 운이 좋아 잘 숨기고 있는 것에 기대할 필요도 없는 듯.

누군가의 실수에 환호하며 '더러운 본색을 드러내었다'라고 생각하거나, 그렇지 않은 누군가에게 '가식적인 위선자다'라고 생각하지도 않는다.

저마다 나름으로 살고 있는 중이니까. 누군가의 어리석음에, 실수에, 과오에 관심 없다. 그다음이 궁금할 뿐.

그래서, 그다음은, 그 실수에서 혹은 그 잘못에서 무엇을 배웠나 하는 점이 궁금할 뿐이다.

Q

예전에 잘못했던 걸 계속 떠올리면서
자기 학대를 합니다.
잠들기 전에 항상 힘드네요.
다른 사람들도 다 이럴까요?

매년 '나는 지난해보다 나아졌는가'라고 병적으로 묻는데, 아직까진 나아진 것 같다.

언젠가 '나아지지 못했다'는 생각이 들면 너무 공포스러울 것 같은 새벽.

만화를 그릴 때, 초반에는 이야기가 어떻게 흘러갈지 도저히 모르겠지만, 고민하다 보면 어디로 가겠구나 하는 방향이 보이고,

중반 정도 지난 시점에는 다행히 결말이 보여 남은 기간은 그저 열심히 그린다.

문득 내 인생이 이와 같은 기분이다. 결말이 보인다.

Q

전 제가 정말로 예쁘다고 생각해요.
통통하긴 하지만 그것도 다 예쁘고,
그게 그냥 나라고 생각해요.
하기 싫은 공부도 하고 일도 하니까,
입고 싶은 옷만이라도 맘껏 입고 꾸미며 살고 싶어요.
그런데 네 몸으로 무슨 그런 걸 입냐고 타박하는 사람들이 있네요.
뭐라고 대꾸해 줘야
이 오지라퍼들이 입을 다물까요?

"그런 뇌로 살아가는 너도 있는데, 뭐."

약자에 대한 폭력을 웃음거리로 쓸 수 있는 건 '그래도 괜찮다'고 생각하기 때문이겠지. 그러니 모두들 어떻게 해서든 강자가 되기 위해 노력하고, 강한 사람처럼 보이려고 애를 쓰고, 그렇지 않으면 자기보다 약한 누군가를 찾아내서라도 약자에서 벗어나려고 하는 것일지도 모른다.

왜냐하면, (동어 반복이지만) 약자에 대한 폭력을 웃음거리로 써도 괜찮은 사회니까.

타인의 고통에 대한 감수성을 가지지 못한 사람들이 너무 많은 것 같다. '약자의 고통을 이해한다' 내지는 '이해하려 한다'는 것 자체가 '약한 사람'으로 인식되는 것 같은 느낌도 들고. 약한 사람을 웃음거리로 만든다는 건 부끄러운 일이 되어야 하는데 참 안타깝다.

Q

사람들한테 주는 만큼 받고 싶은데….
무조건은 아니더라도 조금은 받고 싶은데
그게 잘 안 되면 너무 속상해요.
이런 제가 이기적인 걸까요?

초등학교 시절 도시락을 먹을 때, 친구가 밥을 바깥쪽에서부터 먹으면 이기적인 것이라고 말했다. 마침 나는 보란 듯이 바깥쪽에서부터 파먹고 있었다.
그것을 본 친구는 큰소리로 "넌 이기적이야!"라고 말했다. 밥을 먹는 방식으로 이기적이냐 아니냐를 따지는 것이 말이 되는 소리냐고 항변했지만
친구는 듣지 않았다. 노리고 쳐 둔 덫에 걸린 기분이었다. 증거로 친구는 자신의 앞쪽 밥만을 착실히 파먹고 있었다.
통쾌하게 웃으며 고래고래 소리를 질러 대던 친구는 만족스러워 보였다. 억울했다. 그런 말도 안 되는 이유로 이기주의자가 되다니.
차라리 친구가 뺏어 먹을까 봐 밥통 바닥에 계란 프라이를 깔고 밥을 채워 넣은 것이 들켰으면 덜 억울할 텐데.

Q

사람과 대화하고 나서
꼭 제가 했던 말들을 후회해요.
그게 나중에 나에게 피해가 될까 봐서요.
다른 사람들도 다 그런가요?

아무에게도 미움받지 않는 법은 아마도, 아무런 말도 하지 않으며 싱글싱글 웃는 것일 테다.

그래도 말을 하는 이유는, 당신의 미움을 두려워하며 살고 싶지는 않기 때문이다. 당신이 나를 미워하는 이유도 아마 비슷하지 않을까.

내가 내 생각을 말하는 게 두려워서. 그냥 입 닥치고 싱글싱글 웃고 있으면 좋을 텐데 말이야.

그런데 어쩌나. 나는 앞으로도 내 생각을 말로 그림으로 떠들 건데. 그러니 미워할 사람은 미워하시라. 나는 내 길을 간다.

Q

이기적인 딸이 되고 싶어요.

집이 힘든 거, 그래서 졸업 후 바로 취업을 해서

빚을 갚아야 한다는 거 다 알지만,

그럼에도 어디론가 떠나서 넓은 세계를 보고 싶고,

딱 한 번만이라도 나만을 위한 청춘을 보내고 싶어요.

답답해요.

지금 이 현실이, 그리고 제 세계가요.

항상 내일 죽을지 모른다는 생각을 한다. 이런 생각을 하게 된 계기는 아무래도 교통사고를 두 번 당해 응급실에 실려 간 경험 때문이기도 하지만, 가장 직접적인 건 아버지가 돌아가시는 모습을 보게 된 게 아닐까 싶다. 아버지는 암이었지만, 여하튼. 죽음은 먼 곳에 있는 게 아니라는 생각. '언제 죽어도 이상할 게 없는 내 인생'이라는 생각을 하고 난 뒤 생긴 가장 큰 변화는 싫은 일은 한 순간도 하지 않고, 싫은 사람은 절대 만나지 않으며, 싫은 것을 참지 않는다는 것이다. 더 이상 이런 것을 견디며 살고 싶지 않다. 이렇게 살게 된 지 이제 곧 만 오 년. 그 결과 이렇게 살고 있습니다. 명심하세요. 당신도 저도 내일 죽어도 아무 이상할 게 없습니다. 싫은 건 피하세요. 좋은 걸 하세요. 후회는 하더라도 미련은 남기지 말아야죠.

Q

부모 자식 간은 천륜의 정이라는데, 아기는 자기가 때를 정해서 온다는데….
한 번도 축복받지 못한 내 아기, 나라도 지켜야겠다는 생각으로
네 달을 버텼는데 장애가 있다는 이유로 하늘나라로 보냈어요.
한 달이나 지났는데 '장애아가 아닐 수도 있는데… 정상일 수도 있는데…'라는 생각에
초음파 볼 때 보았던 얼굴, 손가락, 발가락이 계속 생각나 우울해요.
너무 괴로워서 자살 시도도 해 보았고요. 죽지 않고 살아 있는 제가 너무 밉고,
죽어서 우리 아기 안아 주러 가야 할 것만 같고 그러네요.
과연 제가 살아 있어도 될까요?

세수를 하다가도, 길을 걷다가도, 밥을 먹다가도, 그림을 그리다가도 '아무도 죽지 않았으면' 하고 생각했다.

'아무도 죽지 말아라'는 말이 하루 종일 머릿속을 떠다녔다. 농담 따먹기 식으로 연재하려던 만화가 내 삶을 흔들어 놓았다.

그저 고민을 읽다 보면 해 줄 수 있는 말이 없어 찾아가 손잡고 '그 녀석이 나쁜 것이다'라고 하고 엉엉 울어 주고 싶은 것들이 너무 많다.

이런 생면부지의 나에게 실질적인 도움이 전혀 되지 않는다는 것을 알면서도 이야기하고 싶은

그 억울함과 분노와 슬픔을 생각하면 나도 슬펐고. 얼마나 괴로울까. 얼마나 막연할까. 얼마나 절망적일까.

네 인생 네 멋대로

대충 살아 관계

뭐가 되든, 되지 않든

응원할 테니까

뜻대로 되지는 않겠지만

Q

친구를 많이 사귀고 싶은데 잘 안 돼요.
지금 친구들과도 자꾸 갈등이 생기고요.
그런데도 친구가 더 많았으면 좋겠어요!

친구는
포켓몬이
아니야.

많다고
좋은 거 ㄴㄴ

나는 친구가 적다. 근 오 년간 얼굴을 한 번이라도 본 친구가 둘밖에 없다. 대략 이삼 년에 한 번 정도 친구를 만난다.

만나면 커피를 마시며 잡담을 할 뿐 특별한 일도 없다. 종종 친구를 만나지 않으면 심심하지 않냐는 소리를 듣는데 잘 모르겠다.

많은 친구가 필요하다 생각지 않는다. 자주 만나야 하는 것도 아닌 것 같다.

각자의 자리에서 잘 살아가는 것을 아는 것만으로 충분하다.

Q

친구가 자존감이 너무 낮아요. 집착도 너무 심하고요.
옆에서 계속 이야기하면서 고쳐 주려고 하는데,
정작 본인은 자포자기인 것 같습니다.
'나'이기 때문에 사랑받을 자격이 있다는 말은
가식이라나요?
화를 내면서까지 이야기해 보았지만
좀처럼 고쳐지질 않네요.
이런 저와 친구에게
조언 좀 해 주세요.

'나는 고통스럽지 않다. 내 옆의 누군가가 고통스럽다고 해서 내가 그 고통을 공감해야 할 이유가 뭔가? 그 고통의 원인은 그 사람이 자초한 것이며, 내가 지금 고통스럽지 않은 것은 내 노력의 결과물이다'라고 생각하는 사람이 고통스럽다. 고통이 손으로 만질 수 있어 덜어 낼 수 있는 것이 아니기에 그 고통을 제 손으로 없애 줄 수는 없다 해도 아프다, 슬프다, 괴롭다, 힘겹다 하는 이에게 '나는 아닌데'라는 말을 하는 이유가 대체 뭔지. '나는 안 그런데, 너는 왜 아프니?'라는 말은 참 고통을 가중시켜 준다. 당신이 평화롭고, 행복하고, 안정적인, 그래서 고통 없는 삶을 사는 것은 아직 고통스러운 상황이 오지 않은 것일 뿐인지도 모른다. 이를 의지의 소산물이라고만 볼 수는 없다. 고통은 인과 없이, 맥락 없이, 대책 없이 찾아온다.

나이는 저보다 몇 살 많지만
경력은 짧은 언니가 자꾸 저를 가르치려 들어요.
일을 잘하면서 그러면 납득이라도 되겠지만
실수를 저보다도 많이 하면서 그러니 참….
일을 그만두고 싶을 정도로 스트레스를 받는데
말을 해야 할까요?
아니면 그래도 언니니까
참고 받아들여야 할까요?

그저 마음에 안 들어서, 혹은 기분을 나쁘게 할 요량으로 안 좋은 이야기를 하는 사람들에게 신경 쓰느라 하고 있는 일을 멈추면 안 된다.

그러면 그 사람들이 좋아할 테니까. 그러거나 말거나 매일 내 일을 하면 '말이 안 통하는 녀석이군' 하며 지쳐서 떠나갈 것이다.

예전부터 참 집요하게 욕을 하고, 말을 지어내고, 미루어 짐작하고, 비아냥거리는 사람들이 있었지만

어차피 그 사람들은 내가 어떤 일을 하건 그럴 사람들이기 때문에 굳이 마음 쓸 이유가 없다.

자기들의 그런 모습이 얼마나 시시해 보이는지 모르고 있겠지. 모르니까 그러겠지만.

Q

아는 동생의 마음이 많이 아픕니다.

하지만 사람을 대하는 데 서툴고 투박한 제가

해 줄 수 있는 것은 안아 주는 것밖에 없더군요.

아픔을 나누어 짊어질 수도,

그 아이를 이해해 줄 수도 없고,

그저 안아 주는 것밖에 해 줄 수 있는 것이 없는데

어떻게 해야 하나요?

타인의 고통을 지켜보는 것은 괴로운 일이다. 내 삶도 평탄치 않은 마당에 얼마 없는 시간과 힘을

(내가 해결할 수도 없는) 다른 이의 괴로움을 듣는 것에 쏟는다는 것은 참으로 힘든 일.

언젠가 내 고통을 외면하는 누군가를 야속하다 생각하는 날도 올 것이다.

그전에 고통스러워하는 누군가의 문제가 해결될 수 있는, 그런 고통이 생겨나지 않는 조직과 사회가 만들어지길 바란다.

그렇기에 그저 '남의 일' 내지는 '보는 것이 괴로워서' 외면하면 안 된다고 생각한다.

Q

사람들은 왜

다른 사람이 잘 되는 것을 싫어할까요?

왜 잘 알지도 못하면서

나쁜 말을 하고 헐뜯고 시생할까요?

왜 그렇게 피곤하게 살까요?

내가 내 인생 살기로 마음먹고 꽤 많은 사람들에게 다양한 이유로 미움을 받았는데, 항상 명심하는 말은 'Haters gonna hate'이다.

그저 내가 싫을 뿐인 사람들에게까지 신경을 쓸 필요는 없다는 것.

'네가 책을 내는지 두고 보자'고 했던 사람은 지금도 두고 보고 있는지 궁금하지만, 저는 그냥 제 인생을 살겠습니다.

결혼한 어떤 여자가 애인 없는 사람들을 모두
무언가가 결핍되어 있는
문제 있는 사람 취급을 해요.
걱정하는 척하면서 한심하다는 듯 이야기하는데
왜 그러는지 모르겠어요.

솔직한 것과 천박한 것, 당당한 것과 무례한 것, 똑똑한 것과 교만한 것을 헷갈리지 말고 살아야지.

Q

휴학 후 학원비 마련을 위해 반 년 동안 돈을 벌었고,
학원 신청 기간 되기 전 한 달 동안 원 없이 쉬고 있습니다.
그런데 부모님께서 계속 '넌 앞으로 뭐 할 거니?',
'이래 가지고 뭐 하나 제대로 할 수 있겠냐?'라고 잔소리를 하십니다.
그럴 때마다 부모님께 지금 잠깐 쉬는 것 갖고 왜 그러시냐고
화를 내고 싸우게 되는데 많이 답답하고 힘드네요.
게다가 화를 내고 싸워도 그때뿐이고 매번 원상 복귀입니다.
어떻게 하면 좋을까요?

유럽은 대낮에도 공원에 제법 사람이 많다. 공원에서 뭘 하는가 하면 신문을 읽거나, 커피를 마시거나, 담배를 피우거나,

멍을 때리거나, 잠을 잔다. 매우 놀랐다. 충격적이었다. 평일 낮 공원에 누워 졸고 있는 사람들을 목격한 것은 나로서는 정말 충격이었다.

이 사회는 어떻게 돌아가는 것인지, 왜 이들은 이토록 여유로운 것인지 의문이었다.

어째서 이 사람들은 5시 30분이 되면 퇴근을 하고, 해가 지기 전에 조깅을 하며, 밤이 되면 가게가 문을 닫고,

10시 이후에는 거리에 사람이 없는 삶을 살아가면서도 망하지 않는가, 하는 의문이 내내 들었다.

Q

애매한 재능이
가장 치명적인 독이라는데,
어떻게 생각하세요?

하지만 세상엔 애매한 재능으로 먹고사는 사람들이 엄청나게 많죠.

재능이란 말은 상대적인 것이라 생각하기 때문에 그다지 신경 쓰지 않는다.

피카소에 비하면 수많은 화가들이 재능이 떨어지겠지만, 그렇다고 다른 화가들이 재능이 없는 건 아니니까.

나는 어제의 나보다 나으면 된다고 생각한다. 매번 비슷해 보이는 고독이 얼굴도 사실은 조금씩 나아지고 있습니다.

그러기 위해서 혼자서 수십 번, 수백 번을 그리고 지우고 한답니다.

뭐가 나아진 건지는 잘 모르겠지만, 여하튼.

Q

미래를 위해서 하는 일인데
몸과 정신이 망가질 정도로 스트레스를 받으면
그만두어야 할까요?

일을 하다 지쳐 몸과 정신이 망가질 것 같다는 질문에 대한 나의 답변에, 장애인 비하하는 거냐는 말을 들었다.

그렇게 들릴 수도 있겠다는 생각에 뒤늦게 후회했다. 모두 저마다의 눈으로 이 세상을 바라보고 있는 거겠지, 하는 생각도 들고.

고민을 보내 주는 이에 대해 내가 아는 건 매우 단편적인 사실뿐이며, 보는 사람들은 저마다의 상황에서 제각기 해석하여 받아들인다.

모쪼록 신중해야 할 일이다. 어렵다. 확실히 나에게는 역부족이다.

최대한 무난하게 그리는 방법은 가볍고 일상적인 질문에 웃으며 흘릴 만한 대답만을 하는 것일 테지만. 그게 잘 안 된다.

Q

이렇게 생각하기는 싫지만
왜 나에게만
이런 일이 생기는 걸까요?

다른 사람의
고통은
안 보이니까.

'낮은 목소리에 사회 구성원들이 얼마나 귀기울일 수 있는가'가 문명의 척도라고 생각한다. 그것을 단지 미친 자의 헛소리나, 약한 자의 엄살이나,
비관주의자의 불평이나, 패배자의 변명이라고 치부하는 사회는 아직 가야 할 길이 멀었다는 거 아닐까. 그것이 아무리 개인적인 비극이라 할지라도
사회 구조와 완전히 분리된 사건이 아니라면, 구성원 모두가 체제가 가진 문제점에 대해 통감하고 개선해 나가지 않는 한 계속해서 반복될 테니까.
그리고 언젠가 절대로 일어날 리 없다 생각했던 자신의 주변에 그런 문제가 벌어졌을 때 '사회가 잘못되었다'라고 얘기한다면 아무도 들어주지 않을 것이고.
그러니 고통받는 자, 차별받는 자, 외로운 자, 슬퍼하는 자에 대해 귀를 기울이고 대신 말해 주어야 하며 같이 고민해야 한다고 생각한다.
그것이 아무리 소수이고 드물게 일어나는 일이라 해도 사회 구조로 인한 희생자라면 구성원으로서의 의무라고 생각한다.

Q

학벌, 명예, 부, 사랑 다 이뤘고

앞으로도 창창한 미래가 기다리고 있고

부족할 것 없이 잘 지내고 있는데

마음 한편이 허전해요.

왜 그런 걸까요?

집 앞 쇼핑몰에 있는 카페에서 주스 마시며 쉬고 있는데, 카페 사장님이 차가운 라떼 한 잔을 들고 밖으로 나가더니 쓰레기통을 비우고 있던 환경미화원에게 건넸다.
'더 단골이 되어야지'라고 생각했다. 체리 몇 알 얻어먹었기 때문만은 아니다.

Q

가끔은 사람들 속에 있어도
외로운데
왜일까요?

인생의
기본 설정값이
'외로움'이기
때문입니다.

모두가 빛나고 싶은데 그러지 못하니까 외로워지는 것 같다. 쓸쓸하지. 남들은 빛나는 것 같은데 나는 시시해 보이고, 앞으로도 시시할 것 같고,

재미도 없고…. 그러다 보면 괜히 빛나고 있는, 혹은 빛나 보이는 누군가가 미워지기도 하고.

아무도 빛나지 않았으면, 그래서 다같이 어둠이 되어 버렸으면, 모두 캄캄한 어둠 속으로 사라져 버렸으면 좋겠다고 생각하곤 했다.

요즘은 어떠냐 하면, 어둠 속에서 부싯돌을 찾는다. 불똥이라도 튀겨 보려고. 운이 좋으면 어딘가에 튀어 불이 붙겠지. 운이 좋으면.

발광을 포기하고 방화 쪽으로 방향을 잡았다. '어딘가에라도 튀어서 불붙어라!' 하는 마음으로 열심히 부싯돌을 부딪히는 중이다.

Q

외로움을 이겨 내는
방법이 있을까요?

정신 승리는 매우 중요하다. 전반적으로 열위에 있고, 그래서 패배하고 있는 상황이라면 더더욱.

내가 게임을 포기하지 않게 해 주는 원동력이 되니까.

오늘도 정신 승리해야지. 기나긴 정신 승리 끝에 얻어걸리는 소소한 승리를 기다리며 또 하루를 삽니다.

Q

인생을 살아가는 이유가
뭔지 모르겠어요.
작가님은 인생을 왜 살아가나요?

신기하다. 회사를 그만둘 때 만화를 그리게 될 줄 꿈에도 몰랐다. 만화를 그리게 되었을 때 책으로 나올 줄은 꿈에도 몰랐다.
책으로 나온 내 만화가 상을 받을 줄도 역시 꿈에도 몰랐다. 그리고 신문에 내 만화를 연재하게 될 줄은 정말 상상도 못했다.
'도대체 무슨 생각이냐?'라고 묻던 사람들에게 '몰라. 어떻게든 되겠지'라고 얘기하곤 했는데,
일단 지금까지는 어떻게든 됐다. 앞으로는 어떻게 될까. 모르겠다. '뭐, 어떻게든 되지 않을까'라고 진지하게 생각합니다.

Q

원래 성인 남성들은

여자 친구의 유무와 상관없이

이성을 껴안거나 허리를 감는 정도의 스킨십은

장난으로 하는 건가요?

미친놈들은
장난삼아
그럴지도.

공감을 할 필요가 없기 때문에 공감 못한다는 것도 맞는 말인 듯하다. 그러니까 공감, 배려가 어느 정도 '힘'의 논리를 따른다는 건데,
결국 여성들이 남성들에 비해 더 이해하려고 '애쓰며' 사는 모습들은 성별에 따른 권력 차이를 반영한 것이겠지.
그렇게 계속 사회가 한쪽 성별로부터 배려와 희생을 착취해 온 역사를 반영한 것이겠고. 사실 공감, 이해, 배려 등은
인지적으로 상당한 고급 기술이 필요하고 에너지 소모가 많은 '힘든' 일이라 필요가 없다면 굳이 하지 않는 현상들이 잘 관찰된다.
예컨대 아랫사람은 윗사람의 심경과 의중을 헤아리려 애쓰지만, 윗사람은 아랫사람만큼 그러지 않는 게 대부분이니까.

Q

이성이 시키는 일과
감성이 시키는 일이 대립됩니다.
어떠한 선택도
옳다 그르다 말 못 할 것 같아요.
어떤 선택을 해도 후회할 것 같습니다.
작가님이라면 어떡하실 건가요?

방금 엄청난 깨달음을 얻었는데, 내 삶이 고단한 건 해야 할 일을 미루기 때문이 아닐까 싶다. 그런데 또 하기는 싫고. 아, 고단한 삶이여.

오늘은 일어나서 지금까지 외주 의뢰 받은 단행본 표지만 그렸다 지웠다 다시 그렸다 지웠다 다시 그렸다 수정했다 다시 그렸다 수정했다 날렸다 다시 그렸다 수정했다만 하고 있다. 정말이지 하고 싶지 않군.

Q

동성애자에 대해
어떻게 생각하세요?

뒤늦은 깨달음이겠지만, 사람들은 혐오와 차별을 더 좋아한다는 생각이 들었다. 당연한 얘기인가 싶기도 하고.

'누군가를 혐오하지 말아야 한다. 차별하지 말아야 한다' 같은 이야기는 알게 모르게 자신의 본능보다는 이해를 요구하는 일이니까.

그래서 소수를 따로 구분해 희화하고 조롱하는 유머가 이토록 유행을 하는 것이겠지. 무엇이 옳은가, 하는 것은 아마도 신경 쓰지 않을 것이다.

그런 것은 아무런 의미가 없다고 생각할지도 모른다. 혐오와 차별이 잘 먹힌다고 해서 그것을 이용하는 것이 과연 옳은 것일까, 하는 생각을 종종 한다.

이런 생각을 하기 때문에 아마도 나는 대중적이 되기는 힘들지 않을까 싶다.

Q

재능이란
무엇이라고 생각하나요?

타인의
지속적 노력의 결과를
인정하고 싶지 않을 때
쓰는 말.

'어떻게 그림으로 돈을 벌 수 있습니까?'라고 묻는다면, '매일 그림을 스무 장씩 그려서 트위터에 올려 봐'라고 대답할 것이다.

아무리 훌륭한 그림이라도 숨겨 두면 아무도 보지 못하니까. 그리고 아무리 못 그린 그림이라도 예쁘게 봐 주는 사람이 있으니까.

그리고 아무리 재능이 없어도 매일 스무 장씩 그리면 아주 미세하게나마 실력이 는다. 그 기간이 길면 길수록, 많이 그리면 많이 그릴수록.

'당신은 운이 좋은 것 아닙니까?'라고 묻는다면, '맞습니다. 매일매일 해가 뜨나 비가 오나 바람이 부나 책상에 앉아 그림을 그리고 글을 써

사람들에게 보여 주는 막연함의 나날들 속에서 그 운을 잡았으니, 당신도 한번 잡아 보세요'라고 답할 것이다. 살면서 제일 많이 들었던 말이

'넌 재능이 없어!'였는데 글 쓰기 시작하고 처음으로 재능이 있다는 말을 들었다. 뜻밖의 위로. 아직 애매하지만 살아가고 있다.

Q

잘못을 지적 당했을 때
부끄러움, 서운함 같은 부정적인 감정을
어떻게 떨치시나요?

'님 만화 짱재미!'라는 말은 힘들 때 나를 책상에 앉게 해 주고, '이번 건 영 아닌 것 같다'라는 말은 적당히 하고 싶을 때 나를 고민하게 해 준다.

이렇게 긍정적 피드백은 연재를 지속하는 데 큰 힘을 주고, 부정적 피드백은 연재를 더 나은 방향으로 이끄는 데 큰 도움을 준다.

칭찬은 기분을 좋게 하지만, 내가 얼마나 어리석은지 알 수 없게 만들기도 한다.

그러니 언제고, 제가 무언가 어리석은 말을 한 것 같다 싶으면 알려 주시길.

그렇다고 칭찬을 하지 말아 주십사, 하는 얘기는 아닙니다. 저는 어리석기만 한 게 아니라 나약한 인간이라.

Q

타고난 사람을 이기려면
어떡해야 할까요?

나는 아무도 오지 않는 홈페이지를 십 년 동안 운영했는데, 그때의 시간이 지금 큰 힘이 되는 것 같다.

내가 보기 위한 글을 쓰던 시간들.

물론 홈페이지는 지금도 존재하지만 여전히 아무도 오진 않습니다.

그동안 써 둔 글은 다 숨겨 놓아서 사실 볼 것도 없지만!

Q

직업의 기능 중 하나가 자아실현이라고 배웠고
지금까지 그렇게 생각해 왔습니다.
그런데 요즘에는 안정적인 직업을 갖고
여가 시간에 하고 싶은 걸 하면 되지 않나 싶습니다.
작가님은 어떻게 생각하세요?

자아실현이라는 말 자체에 의구심을 갖고 있다.

어릴 적부터 직업은 자아실현의 수단이라고 배웠는데, 직업을 얻고 생활을 한 지 십여 년이 지난 지금도 무슨 상관인지 모르겠다.

물론 개중에 자신이 하는 일을 통해 '진정한 나'를 찾는 사람도 있겠지만 그것도 잘 되는 경우나 그런 거지.

어쩌면 직업을 통한 자아실현이란 덤과 같은 것이라 운이 좋다면 얻을 수 있는 것 아닐까.

Q

스물한 살 여대생이에요. 공부를 열심히 하는 편은 아니었지만
그래도 고등학교 때 공부를 아예 놓지는 않아서
서울에 있는 전문대 사회복지과에 입학하게 되었어요.
전공도 잘 맞고, 배우는 내용도 흥미로워 나름대로 잘 적응해 지내고 있습니다.
주위 사람들에게 '난 이 길이 너무 만족스러워'라고 말하기도 하면서요.
그런데 가끔씩 내가 정말 만족스러운 게 맞는지, 내가 원래 가고 싶었던 길이
이 길이 맞는지, 다시 도전하기 두렵고 귀찮아 집안 사정 탓을 하며
만족한 척하는 건 아닌가 하는 생각이 듭니다.
이런 생각이 들 때마다 무섭고 힘드네요.
뭐가 맞는 걸까요?

내가 바나나를
참 좋아하거든.
얼마나 좋아하냐면
세 끼를 바나나만 먹고
살고 싶다는
생각도 했었어.

그런데 누가
'너는 먹어 본 게
바나나밖에 없어서
바나나를 좋아할 뿐이야.
세상에 맛있는 과일이
얼마나 많은데.
멍청이!'라고
하더라고.

가만 생각해 보니
그 말이 맞는 것도 같아서
십 몇 년 동안
정말 숱하게 많은 과일을
먹어 봤어.

그리고
깨달았어.

나한텐 바나나가 최고라는걸.

내 뜻을 전달함에 있어 증오의 언어를 사용하고 싶진 않다. 그러지 않고도 전달할 수 있는 방법이 분명히 있으니까.

아무리 좋은 뜻이라도 조롱이나 비아냥, 혐오를 바탕으로 하는 말은 우선 듣고 싶지가 않다.

'폭력적 혐오'에 대한 자신의 생각을 뽐내기 위해, 그 명석한 두뇌로 조롱하는 그 자체가 혐오고 폭력이라는 것을 사람들이 좀 알았으면 좋겠다.

자신보다 육체적으로 약해야만 약자가 아닌데, 왜 그렇게 '자신이 생각하기에' 자신보다 어리석거나, 못 배웠거나, 생각이 짧거나,

의사소통이 능숙하지 않거나, 말을 못하거나, 논리가 약하거나, 감정 통제가 안 되면 응당 무시하고 짓밟아도 된다고 생각하는지….

서투른 사람의 그 서투름을 받아들이며 살아야지. 다른 사람들이 나의 서투름을, 어리석음을 받아들여 주는 것처럼.

Q

답을 다 알고 있으면서
질문하는 사람들은
무슨 의도일까요?

그리고 듣고 싶은 것이겠지. '어찌 됐든 네가 맞을 거야'라는 말을.

그것이 실제 문제 해결에 도움이 되건 되지 않건, 사리에 맞는 말이건 그렇지 않건 동의와 응원이 필요한 때가 누구에게나 있는 법이니까.

Q

현명하다는 건
어떤 걸까요?

내가 가장 경계해야 할 태도는 '내가 안다', '내가 옳다'라고 생각한다.

'내가 모르는 것일 수 있다', '내가 틀릴 수 있다'라는 것을 늘 잊지 않으려고 노력 중인데 어렵다.

너무 자기 주관이 없는 것 아닌가 싶기도 하지만, 이렇게라도 경계하지 않으면 늘 내가 알고,

내가 옳다고 생각하기 때문에 괜찮습니다.

Q

너무나 불행합니다.
행복해지고 싶습니다.
저를 행복하게 만들어 주세요.

가끔 '희망차 보인다', '행복해 보인다'는 말을 듣는다. 아니, 예전처럼 사는 게 끔찍하거나 불행하지 않을 뿐, 여전히 희망은 잘 보이지 않는다.

행복도 솔직히 있기나 한 건지 모르겠다. 어디로 가는 건지 모르면서 칠흑 같은 어둠 속을 마구 달리는 것만 같다.

이대로는 그저 버티기만 할 뿐이지 솔직히 미래에 대해서는 어떤 확신도 생기지 않는다.

그런데도 계속 꾸역꾸역 이것저것 하며 살아가는 이유는, 그런 캄캄한 상황이기 때문에 언젠가 기적 같은 게 일어나지 않을까 싶어서이다.

황당한 얘기지만 기적이 일어나지 않으려나, 하는 착각이라도 해야 하루하루를 살 수 있다.

Q

그냥 평범한 여자입니다.
결혼을 원하지 않는 독신주의자이고요.
그런데 가족들은 세뇌라도 시키듯이
사위 데려와라, 자식을 낳아라 합니다.
결혼을 해야 행복할 수 있다면서요.
정말 결혼만이 행복으로 가는 길일까요?

숲을 가로질러
호수로 가는 여행길을
생각해 봐.

결혼이라는 건
그 여행길에 헤어지기
곤란한 동행이
생기는 것과
비슷할 거야.

운이 좋다면
지루하지 않고
덜 힘겨운 길이
되겠지만,

그렇지 않다면
눈물과 후회로 가득한
힘겨운 여행이 되겠지.

뭐 어쨌든
동행이 생긴다는 건
여행하는 여러 방법 중
하나일 뿐이지 필수는
아니라고 생각해.

신경 쓰는 것을 하나씩 줄이는 게 행복의 비밀이 아닌가, 하는 글을 썼다. 고민을 줄이는 것 역시 행복한 삶에 도움이 될 것이다.

행복해지기 위해 필요한 건 무언가를 더 갖는 게 아니라 더 버리는 것일지도 모르고. 하지만 고민할 수 있는 건 또 나름 좋은 것 같기도 하다.

고민 없이 살아 본 적이 없어서 모르겠지만, 고민한다는 건 조금이라도 나아질 구석을 찾고 있다는 것일지도 모르니까.

찾을 수 있느냐 없느냐, 그리고 나아질 수 있느냐 없느냐와는 별개지만. 어찌 됐든 고민 없이는 아무것도 시작되지 않을 테니.

Q

사람 대 사람, 인간 대 인간으로 좋아하는 친구가 있어요.

있잖아요, 그냥 좋은 거. 그래서 이유 없이 잘 챙겨 주고 싶은 거.

그런데 이런 제가 귀찮았을까요, 부담스러웠을까요, 아니면 그냥 싫었을까요?

그 친구의 휴대폰에서 '다른 층에 살아서 다행이다',

'자꾸 연락이 온다(화 내는 이모티콘들)' 같은 메시지를 보게 되었어요.

자의 반 타의 반으로 보게 되었지만 일단 훔쳐본 제 자신이 너무 한심하고,

그 와중에도 저 말들이 자꾸 아른거려서

제 앞에서 여전히 다정하기만 한 그 친구를 볼 때마다

죄책감이 들고 화가 나요. 제가 나쁜 걸까요?

모든 관계에는
적당한 거리라는 게
있어묘.

그리고 모든 사람들은
저마다의 간격을
유지하고 싶어하고묘.

그렇기 때문에
너무 가까이 다가가면
찔리는 일이
생기지묘.

하지만
누구 한 사람의
잘못은 아니에묘.

그렇게 해야만
알 수 있는 거니까묘.
적절한 거리라는
것은.

나는 거의 모든 인간관계에서 굽신거리는 걸 잘한다. '네네, 감사합니다. 감사합니다' 하고.
좀 비굴한 느낌도 있지만 이렇게 하면 사람들이 쉽게 민낯을 드러내기 때문에 어떤 인간이 나를 이용만 하려고 하는지 빨리 알 수 있어 좋다.
처음에 이래저래 이용당하는 일이 있더라도, 이 과정을 통해 내가 굽신거려도 나를 이용만 하지 않고,
무시하지 않는 사람만 남겨 놓을 수 있기 때문에 좋은 방법이라고 생각한다. 또 나를 이용해 먹으려는 사람은 빨리 차단할 수도 있고.
이런 얘기를 하는 이유는 내가 이렇게 교활한 인간이니 나를 이용만 하려는 생각은 이쯤에서 그만둬 주세요, 라는 얘기입니다.

Q

부모님의 일을 같이 하고 있습니다.
솔직히 이 일을 그만두고 내 일을 찾고 싶은데,
부모님은 가족끼리 어떻게 그럴 수 있냐며
좀 더 같이 하자고 하십니다.
직원을 한 명 고용해 제게 줄 돈을 주면 되지 않겠냐고 하니
제가 너무 이기적이라고 하십니다.
사실 저도 부모님의 부탁을 냉정하게 뿌리칠 수가 없고요.
어떻게 하면 좋을까요?

쉬운 일은 세상에 없고, 어차피 다 어려운 일이라면 조금이라도 덜 싫은 걸 하는 게 좋은 것 같다는 생각이다.
그래야 덜 억울하니까. 피곤하고 졸리고 막막하고 불안하지만 그래도 억울하지는 않으니까.

Q

제가 누군가를 너무 좋아하게 되면
다 저를 떠나는 것 같아요.
두렵습니다.

언제나 말하는 것이지만, 나는 비관주의자가 아니다. 회의주의자일 뿐이다.

Q

노력하는 만큼의 결과가 나오지 않으면
어떻게 해야 할까요?

끝없는 경쟁과 실패를 허용하지 않는 불안정한 사회 구조가 아이들을 죽인다.

하지만 우리 사회는 그 책임을 언제나 '나약한 패배자 개인의 몫'으로 돌려 버린다.

그렇게 의지가, 노력이, 인내력이 부족한 패배자의 문제로 만들어 버리면 '나는 그런 패배자가 아니니까'라고 생각하며

제자리로 돌아갈 것을 알고 그러는 것 같다. '이것은 잘못된 사회 구조의 문제다'라고 하면 '사회 탓하지 마라' 같은 소리나 하고.

늘 하는 생각은 평범 이상의 노력을 기울임에도 살기가 힘들다면, 그건 사회의 탓이라고 생각한다.

엄마가 아프세요. 신부전증 환자로 십 년 정도
일주일에 세 번 투석하며 살아오시다가, 작년에 폐암 수술을 하셨어요.
담배 한 번 피우지 않았는데 말이에요. 수술은 잘 끝났지만
그 후유증으로 식도협착 증상이 생기셔서 아무것도 삼키지 못하세요.
요즘 엄마는 예전과 다르게 '죽을 때가 됐나 보다',
'나 때문에 괜한 돈을 쓰네' 같은 말씀을 하세요.
저는 지금 병실에 있는 엄마 옆 간이침대에 누워 자려고 해요.
저는 대학교 학생회장이에요.
할 일이 많아서 엄마 곁에 오래 있지 못하는 게 죄송하면서도,
엄마 옆에 있으면 우울함이 덮쳐 와서 너무 싫어요.
엄마 생각하면 그저 눈물만 나요. 오늘도 울며 잠들겠네요.
제게 해 주실 이야기가 있을까요?

제가 타임머신을
만들 수 있다면
꼭 돌아가고 싶은 시간과
장소가 있어묘.

바로, 아직 아버지가
살아 숨쉬고 계시던
그날의 그 병상 옆
간이침대예묘.

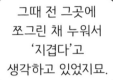

그때 전 그곳에
쪼그린 채 누워서
'지겹다'고
생각하고 있었지묘.

그때의 저에게
꼭 이 말을
전하고 싶어묘.

그 날, 돌아가시기 전날 밤, 보호자용 보조 침대에 누워 핸드폰을 보고 있던 내게 아버지는 화난 표정으로 "털실! 털실 가져와!"라고 소리쳤다.

나는 "왜 뜨개질 하시려고?"라고 말했다. 그러자 아버지는 답답하다는 듯이 숨을 내쉬며 "털실! 털실!"만을 반복했다.

어떤 말을 하고 싶은데, 뜻하는 말이 나오지 않는 것 같았다. 아버지와 대화를 나눈 것은 그것이 마지막이었다. 무슨 말을 하고 싶으셨던 것일까.

Q

어릴 적 당했던 성적 학대를
여태 잊지 못하는 제가 바보인가요?
제 주변 어른들은 '그까짓 거 하나 못 잊어서
힘든 세상 어떻게 살 거냐?'고들 하시는데,
어떻게 보면 이것도 친절인가요?

밝은 곳에 있지 못해서 당연히 사라져야 하는 것은 없다.
그러니 바라건대 아름다운 이들은 그렇지 못한 이들의 목소리가 되어 주길.
눈부신 관심을 받는 이들이 그렇지 못한 이들의 아픔을 알려 주길.

Q

세상에서
가장 아픈 고통은?

회사를 다니는 후배가 "형은 퇴사하고 이런저런 계획을 잘 준비하신 것 같아요"라고 하길래,
"아니, 그런 건 없었어. 그저 다른 사람들에게 내 고민과 실패가 보이지 않을 뿐이야"라고 말했다.
퇴사하고 하려다가 접은 것. 미디 장비 판매, 디제이, 작곡, 도서관, 운동용품 판매, 헌책방, 중고용품 판매 등등.
계획이라니. 그런 건 없었다.

Q

저는 유학생입니다.

아빠가 간암으로 시한부 선고를 받으셨어요.

3~6개월 정도밖에 남지 않았다고 합니다.

모두들 아무 생각 말고 공부에만 집중하라는데, 사실 아무런 의욕이 없습니다.

계속 학업을 이어 나가고는 있지만

혹시 아빠와 마지막 인사도 못 하게 될까 봐 너무 두렵습니다.

이곳에서 학업을 계속 이어 나가야 할까요,

아니면 한국으로 돌아가서 아빠 곁을 지켜야 할까요?

"모든 아버지는 죽어. 그건 특별한 일이 아니야. 네가 곁에 있어도 달라지는 건 없어."
좋은 대학을 나와, 좋은 회사에 들어가, 좋은 평가를 받고, 승진을 거듭해, 내년엔 부장을 노리던 차장이 내게 말했다. 평온한 눈빛이었다.

Q

'꿈이 없는 사람은 불행하다'는 소리를
세뇌당하듯 들어 와서 꿈을 찾아야만 한다는
강박관념에 사로잡혀 있습니다.
하지만 아무리 찾아도 꿈이 없네요.
꿈, 꼭 찾아야만 하나요?

퇴사하고 이것저것 하면서 계속 자빠지는 와중에 만화를 그려 본 게 운이 좋아 지금까지 먹고살고 있다.

지금도 연재 잘리면 그땐 뭐 하고 살아야 하나, 하는 생각을 한다.

뭘 할까. 뭘 할 수 있을까. 딱히 떠오르는 건 없고, 어떤 계획을 세우든지 간에 부딪혀 보면 다를 것이기 때문에 그저 오늘을 산다.

연재 잘리면, 그때 고민해 봐야지. 뭐 해 먹고살지.

고부 갈등이란 것은 남의 집에만 있는 일인 줄 알았는데,
결혼 사 년 만에 드디어 아내가 제 부모님에 대한 불평을
노골적으로 제게 말하기 시작했습니다.
부모님도 제 아내에 대한 불만을 제게 말씀하시기 시작했고요.
물론 부모님께서 서운하실 일도 있었고,
아내가 제 부모님을 야속하게 여길 만한 일도 있었습니다.
이런 상황에서 제가 할 수 있는 건
양쪽의 불만을 들어주는 것밖에 없을까요?

불타고 있는 집을
구경만 하는데
불이 저절로 꺼질 리가.

'침묵은 동조'라는 말을 쓰는 순간은 보통 '자신이 관심 있는 문제에 대해 발언하는 순간 타인은 동조하지 않는 것 같다고 느끼는' 시점이 아닐까 싶다.
나는 수많은 문제에 의도했든 하지 않았든 침묵했고, 따지자면 동조자이다. 그래도 문제를 목격한 순간 외면하지 않으려고 노력하고 있다.
우리 사회의 문제 중 하나는 '눈앞의 고통에 침묵'하는 것뿐만 아니라 '그것은 (나의, 혹은 다른) 고통에 비하면 고통이 아니다'라고
부정해 버리는 것도 한몫하는 것 같다.

Q

배꼽 냄새에
중독이 됐습니다.
치료법을
알려 주세요!

독은 독으로.

Q

삼수생인데
그게 하고 싶어요.
(공부 말하는 거 아님. ㅎ)

뭐? 사수?

모든 학생들이 같은 내용을 배워, 날 잡아 치른 시험으로 남은 삶의 노선을 결정짓는다. 뭐, 실제로 결정되는 건 아니지만, 상당한 영향을 준다.

이상한 일이다. 나름 평등한 방법이라 생각할 수 있겠지만 모든 학생이 같은 환경에서 공부하는 것이 아니며 같은 컨디션으로 시험을 치르지도 않는다.

대놓고 불법만 아니라면 할 수 있는 모든 방법을 동원하는 건 비난받지도 않는다. 나는 이 모든 과정이 미래엔 야만으로 기억되길 바란다.

Q

어떻게 하면
제 만화가
더 잘 팔리게 할 수
있을까요?

돈이 되는 만화를 그리는 것에 집착하지 않는다.

아예 신경을 안 쓴다면 현실적인 문제가 있을 테니 적당히, 양심을 거스르지 않는 선에서 그리고 싶은 것을 그린다.

대중에게 사랑받기 위해 그려야 하는 코드라는 것이 분명히 있겠지만 그것이 과연 옳은가에 대해서는 생각하며 살고 싶다.

Q

십일 일 후에
군대에 갑니다.
저에게 하고 싶은 말
없으신가요?

어차피
못 볼 텐데
뭘….

군대에서 얻은 건 상처뿐이다. 그 어떤 것도 추억으로 기억되지 않는다.
탈영병을 체포하는 군탈체포조로 활동하며 워낙에 안 좋은 꼴만 보고 다녀 그런 것인지는 모르겠지만,
떠오르는 모든 것들이 폭력의 흔적이다. 태반은 아직도 아물지 않았으며, 더러는 흉터로 남아 버렸다. 부디 요즘의 군대는 달라졌길 바랄 뿐.

Q

사람이 죽으면
왜 슬플까요?

문득문득
잘못한 일이
떠오르는데,

미안하다는 말을
해 줄 수
없거든요.

용서받을 수
없다는 건
슬픈 일이더라고요.

...

그러니 미루지 맙시다.

네 인생 네 멋대로

대충 살아

뭐가 되든, 되지 않든 진로

응원할 테니까

뜻대로 되지는 않겠지만

Q

사회에 나간다면

돈은 못 벌지만

즐겁고 좋아하는 일을 하는 게 좋을까요,

돈은 어느 정도 벌지만

금방 지치는 걸 하는 게 좋을까요?

내가 한 어떤 일로 돈을 받는 순간, 직업이라고 생각한다. 지금 나는 만화가 겸 수필가 겸 삽화가.

원래 글 쓰는 게 취미고, 그림 그리는 건 음… 이삼 년에 한 번 그렸나 싶은, 취미도 뭣도 아니었다.

하지만 이 일로 돈을 벌기 시작하면서 하루 종일 이것만 한다. 진짜 취미였던 건 음악인데, 막상 이걸로는 돈을 못 벌고 있다.

이유는 정말 형편없기 때문에. 언젠가 이걸로 돈을 벌면 그땐 음악가도 되겠지. 취미로도 좋지만.

저는 좋아하는 것은 언제까지나 취미로 남겨 두고, 가능성 있는 것에 매달려야 한다고 생각합니다.

그게 무엇이든 어떤 분야이든 저보다 더 재능을 타고난 사람들은 넘쳐 나잖아요.

제가 만약 좋아하는 걸 직업으로 골랐다가 보기 좋게 실패한다면,

그땐 내가 좋아서, 내가 선택해서 한 것이기 때문에 주변 사람들에게 뭐라 변명을 할 수도 없잖아요.

하여튼 여러 가지 이유로 좋아하는 건 취미로만 해야 한다고 생각해 왔는데,

요즘 이런 제 생각에 자꾸 확신이 없어집니다.

좋아하는 걸 직업으로 삼고 싶어요. 게임 기획이 너무너무 하고 싶은데

실패할까 봐 너무 무섭습니다.

"네 책임이야." 어린 시절부터 무언가 나의 의지로 결정을 하려 할 때마다 들었던 말이다. 그래서 "네" 하고 대답하고 스스로 했냐 하면,
'책임'이라는 말에 짓눌려 그만둔 것들이 대부분이다. 지나와 생각해 보면 정말 어리석은 생각이었던 경우도 많아 다행이다 싶으면서도,
성장하는 과정 중에 책임지는 것에 만성적인 두려움이 생겨 버려 성인이 된 이후로도 자꾸만 책임을 미루려고만 하게 된다.
좀 더 어렸을 때부터 스스로 책임지는 것에 익숙했다면 삶을 좀 더 주체적으로 살 수 있지 않았을까 싶지만, 이미 지나간 일이라 별 의미 없다.
이제 와 할 수 있는 것이라면, 젊은 사람들의 잘못된 판단과 그로 인한 실패의 결과를 감당해 주는 사회를 만드는 데 이바지하는 것이겠지.

Q

가장 좋아하는 일이 아닌
두 번째로 좋아하는 일을
직업으로 삼으라는 말에 대해

어떻게 생각하세요?

성공한 사람들은 재밌다.

자기 성공의 요인을 자기가 찾아 설명하는 걸 즐기는 사람은 더욱 재밌다.

특히나 그것이 온전히 자신의 노력과 재능의 결과라고 말하는 경우는 더더욱 재밌다.

그래서, 그 자신이 생각해 낸 '성공의 비법'이라는 것을 사람들에게 떠들고 다니는 것도 재밌다. 아니, 재밌다와는 살짝 다르다. 우습다에 좀 가깝다.

내가 대통령이 되면 전원 경범죄로 처벌할 것이다.

Q

저는 꿈도 목표도 걸어갈 방향도 있어요.
그런데 제가 이 길을 끝까지 갈 수 있을지,
이 길이 옳은 건지
너무 헷갈려요.

그 길,
가지 마세요.

아마 높은 확률로
매우 험난한 길이 될 것이며,
역시나 높은 확률로
원하는 곳에 도착하지
못할 수 있습니다.

라고 해서,
망설여진다면
진짜로
가지 마세요.

라고 생판 모르는
제가 말했다고,
'아, 그럴까?' 하는
생각이 든다면
절대로 가지 마세요.

내가 지금 걷는 이 길에서 힘들고 불안하고 지칠 때마다 '이 길은 또 다른 길로 이어져 있을 것이다. 기왕이면 마지막만큼은 작은 도서관의 사서였으면 좋겠고. 그러니 멈추지 말고 천천히라도 나아가자'라고 생각한다. 지금까지 그래 왔듯 또 뭔가 어떻게 되겠지 싶다.

어쩌다 보니 만화가가 된 것처럼, 또 어느 날 어쩌다 보니 뭔가 되어 있을지 모르는 게 인생이니까.

너무 불안해하거나 조급해하지 않을 것이다. 그게 싫어서 벗어난 거니까. 이왕 벗어난 거 얼마나 빨리 걷는지, 몇 명이나 제쳤는지 생각하지 말고, 휘파람 불며 쉬엄쉬엄 노을이 예쁘다든지, 쑥 냄새가 난다든지, 흙이 보드랍다든지를 느끼며 걸어야지.

그리하여 어느 먼 훗날에 도착할 작은 도서관에서 조용히 지나온 길 위에서 마주한 것들에 대한 이야기를 떠올리고 싶다.

Q

꿈꾸는 대로
말하는 대로
이루어질 수 있을까요?

바라는 것만으로
무언가를 이룰 수 있었다면
솔직히 내가 지금
이러고 있겠냐?

말하는 대로 되는 것은 없다. 바란다고 이루어지면 초능력자고, 꿈은 어디까지나 꿈일 뿐이다.

이상이 높은 것은 좋겠지만 발은 현실에 디뎌야 한다. 노래는 어디까지나 노래일 뿐.

Q

좋아하지도 않는 미술을 평생 해 왔습니다. 남들 기대에 실망시키고 싶지 않아서
열심히 했던 것뿐인데, 잘 해 왔다는 이유로 제 꿈을 무시당했어요.
하고 싶지 않은 일을 억지로 하며 버틴 제 노력은 보이지도 않는 것 같아요.
미술로 상도 타고 장학금도 받고 대학을 졸업했지만 그건 부모님 꿈이었고,
이제 제 꿈인 영상 감독을 하기 위해 아카데미에 입학하려고 준비하고 있습니다.
지금 아니면 평생 후회할 것 같아 막연하지만 도전해 보려고요.
남들이 아닌 제 기대와 바람대로요.
작가님도 이런 제가 미친 것 같아 보이나요?
미쳤단 소리를 하도 많이 듣다 보니
제가 진짜 이상한가 싶어서요.

‘타인의 기대대로
살기를 거부한 사람’을
미친 사람이라고 부르는
사람들 말이에묘.

두려운 거
아닐까묘?

당신이 꿈을 이루면
이미 포기한 자신이
너무 비참하잖아묘.

그 사람들은
그들이 미친 사람이라고
부르던 사람이 무언가를 이루면,
이번에는 원래 재능이 있었다거나
운이 좋았을 뿐이라고
비아냥거리지묘.

링 위에 올라설
용기가 없는 구경꾼들의
야유 같은 거예묘.
당신의 상대가 될 자격이
없는 사람이지묘.

누군가 즐거워 보이는 일로 돈을 벌면 '부당하다'고 느끼는 마음은 저마다 고통스러운 일을 하며 살아가고 있기 때문에 생겨나는 것일까.

결국 욕을 먹지 않으려면 자신의 고통스러움을 토로해야 하고, 그건 다시 또 고통 배틀로 이어지고….

누가 더 고통 속에서 살아가고 있는지를 기어코 인정받으려고 하는…. 으, 인생이 고통.

난 대충 살고 싶다. 대충 살다 대충 죽어야지. 사실 이루고 싶은 꿈 같은 건 없다. 그냥 대충대충 슬렁슬렁 살 수만 있다면….

다행히 그림 그리는 일도, 글을 쓰는 일도, 이야기를 만들어 내는 일도 (아직까지는) 재미있기 때문에 앞으로도 잘할 수 있으면 좋겠다.

Q

벌써 스물한 살인데
아직 하고 싶은 일을 못 찾았어요.
어떡하죠?

하기 싫은 일을
찾아서
그걸 우선 피해.

가끔 사람들이 나에게 '하고 싶은 것을 하기 위해 과감한 도전을 하신 건가요?'라고 묻는데, 아니 사실은 그냥 아무도 나에게 술을 권하지 않는, 억지로 웃지 않아도 되는, 싫은 것을 견디지 않아도 되는 삶을 원했을 뿐 하고 싶은 것은 없었다. 왜 술을 안 먹냐, 왜 표정이 그러냐, 왜 출근이 느리냐, 왜 퇴근이 빠르냐 같은 소리를 더 이상 듣고 싶지 않았다. 지금은 아무도 "왜 너는 ~하지 않냐?"라고 묻지 않으니 만족한다.

더 이상 바라는 것도 없다. 그냥 싫은 것을 견디며 살고 싶지만 않다. 애당초 꿈이고 성공이고 이룰 수 있는 사람은 극소수인데, 그것을 이루기 위해 무언가를 참으며 살고 싶은 마음은 없다. 온 인생을 바쳐 무언가를 이루는 것은 물론 의미 있는 일이지만, 괴롭기도 할 테니까.

Q

진로를 미술로 정한 지 얼마 안 된 대학교 1학년생입니다.
고3 때 미술을 시작해서 합격한 건 좋은 일이지만,
요즘에는 제 실력이 남들에 비해 떨어지는 것 같아 고민입니다.
아는 선배가 다른 사람들은 그림을 저보다 오래 그렸고,
저는 시작한 지 얼마 되지 않아서 그런 거라고 위로해 주지만,
그래도 눈에 보이는 실력 차 때문에 열등감에 사로잡혀 있습니다.
더 노력해야겠다고 생각하지만, 어느 세월에 따라잡지 하는 생각이 들면
자꾸 좌절하게 됩니다. 마음만 앞선다고 해야 할까요.
도와주세요.

그럴 때마다 피카소를 생각해 봐.

피카소에 비교하면,

시기라는 감정은 항상 나의 곁에 있는 사람에게서 생겨난다. 만화가인 나를 예로 들자면, 윤태호 작가나 최규석 작가를 상대로 시기하지 않는다.
하지만 같은 연재처에서 나보다 순위가 높은 만화가들을 모조리 시기한다. 독자들이 본다면 다들 고만고만해 그러고 말고 할 것이 없겠지만,
이상할 정도로 시샘이 난다. '질투는 나의 힘'이라고 그것을 원동력으로 더 열심히 할 수도 있겠지만, 나는 태생이 경쟁을 싫어하는 성격이라
플랫폼에 연재를 안 하는 쪽을 선택했다. 더 이상 등수를 매겨 저울질 당하는 것만은 사양하고 싶다. 물론 덕분에 '만화를 그리긴 하는 거냐?'는 소리를
노상 듣고 살지만 상관없다. 인지도를 위해 다시 그 지옥에 뛰어드는 것은 최대한 미루고 싶다. 가능하면 안 하면 좋고.

Q

스물두 살 만화가 지망생입니다.

졸업은 점점 다가오고, 집에서는 압박 주고….

만화를 그리려고 하면 개연성은 있는지, 등장인물은 매력이 있는지,

그림체는 괜찮은 건지 고민이 되어 힘듭니다.

모든 면에 뛰어난 주변 사람들과 비교하기 시작하면 열등감에 빠져 더 괴롭고요.

그러면서 스스로 열심히 하지 않는 것 같아 괜히 자책하게 됩니다.

따끔한 충고 부탁드립니다.

그래서 오늘
몇 장
그렸는데?

아는 게 많으면 신경 써야 할 것이 많아져 행동도 느려진다. 물론 신중한 판단으로 더 나은 결과물을 만들어 낼 수 있겠지만,
안타깝게도 시간은 계속해서 흘러만 간다. 결국은 개인의 선택이라 뭐가 낫다 말할 순 없지만 나는 가능한 쉽게 시작하려 한다.
준비 없이 시작한 탓에 낭패를 보는 경우가 부지기수지만, 임기응변 실력은 나날이 좋아진다. 무엇보다 아무리 완벽하게 준비한다 한들
그것이 계획대로 되기는 힘들다. 언제나 생각지 못한 변수로 예상 밖의 결과가 나오기 마련이고, 그런 것들을 운 좋게 피해 간다 쳐도
넘을 수 없는 벽이 종종 나타나기 때문에. 그래서 나는 언제나 쉽게 시작한다. 쉽게 실패하고 쉽게 포기하겠지만, 다시 또 쉽게 시작하면 되니 괜찮다.

Q

저는 작은 병원에서 일하고 있는 3개월 차 응급구조사입니다.

저희 부모님은 제가 응급구조사라는 걸 잘 모르십니다. 항상 저를 간호사라고 부르시죠.

이 직업을 모르는 사람이 굉장히 많다는 걸 잘 알고 있지만,

그래도 솔직히 너무 섭섭합니다.

저와 제일 가까운 가족인 부모님께서 딸의 직업을 모르신다는 게 말이죠.

많이 알려지지 않은 직업이니 감수해야 하는 걸까요?

인정받지 못하고 있다는 생각이 들어서인지 일에 대한 자신감도 떨어집니다.

요즘은 이 일이 정말 제 길이 맞나 하는 생각이

꼬리에 꼬리를 뭅니다.

뭐라고 불리우건
당신이 사람의 생명을
구하고 있다는 사실은
변함이 없겠지요.

직업의 가치가 종종 돈으로 매겨진다. 자본주의 사회니 어쩔 수 없는 것이겠지만, 지금의 상황이 이상적이라고 생각하지는 않는다.

경제적 부를 많이 창출하지만 사회적 부의 증대에 별 도움이 되지 않는 직업과 그 반대의 직업이 지금처럼 평가되는 사회가 건강한 사회는 아닐 것이다.

쉽사리 바뀌긴 힘들 것이다. 지금도 미디어에선 '어쨌든 많은 돈을 번 누군가'를 성공한 사람으로 포장해 보여 주고,

그것을 보며 성공한 인생의 정의를 내리는 사람들이 많으니까.

하지만 가치 판단 없이 부의 축적만을 미덕으로 삼는 사회가 건강한 사회라고 생각지 않는다.

Q

저는 지금 현재 확실한 꿈이 있어요.
그런데 어른들은 그런 건 취미로나 하는 거지
직업이 될 수는 없다고들 하십니다.
아니면 그런 건 그냥 지나가는 꿈이라고들 하시고요.
정말 그런 걸까요?

유명해지고 싶은 생각이 없으면서도 유명해지고 싶은 이유는 '너는 못 한다', '너는 안 된다', '너는 실패할 거다',
'너 따위가', '너 정도로는'이라고 말한 사람들이 내가 그린 줄 모른 채 내 만화를 보고 '아, 재밌다'라고 하게 만들고 싶어서다.
또 자기가 유명해서, 돈이 많아서, 재주가 뛰어나서, 이미 이룬 게 많아서 나를 무시한 사람들에게 웃으며 손을 내밀고 싶어서다.
그래서 얼굴을 가리고 인터뷰를 하는 걸지도 모르겠다. 내가 누군지는 몰랐으면 좋겠고, 김보통이 누군지는 알았으면 좋겠는 복잡한 마음.

Q

저는 대학교 4학년이에요.

그런데 한심하게도 하고 싶은 게 하나도 없어요.

제가 뭘 좋아하는지도 모르겠고요.

정신 차리고 잘해 보자고 스스로를 채찍질하기도 하지만

금세 왜 그래야 하나 싶고 그냥 다 지치네요.

뭐하러 사나 싶고, 점점 감당이 안 될 정도로

절 포기하고 싶은 마음이 자꾸 들어요.

이럴 땐 어떻게 해야 하나요?

만화를 그리다 보면
하고 싶은 거 해서 좋겠다,
좋아하는 거 해서 좋겠다는
말을 종종 듣습니다.

음… 솔직히 말씀드리면
살다 보니 우연히
이 일을 하고 있을 뿐이고,
살아야 하니
이 일을 할 뿐입니다.

할 수 있는 일 중
그나마 덜 하기
싫은 일 정도죠.

하고 싶은 거나,
좋아하는 걸 하며
사는 사람이
몇이나 있겠어요.

그러니
스스로를 한심하다
생각하지 마시길.

그게
보통입니다.

늘 하는 생각은 (기타노 다케시 감독이 말했듯) '축구 선수가 되기 위해 열심히 살았다'가 아닌 '열심히 살다 보니 축구 선수가 되었다' 쪽이 더 재미있지 않나 싶다. 나만 해도 살다 보니 만화가가 된 거지 만화가가 되려고 산 건 아니었으니까.

가끔 '꿈을 이뤄서 좋으시겠어요!'라고 하는 분들이 있는데 글쎄, 내 꿈은 만화가가 아니었는걸. 난 그냥 하기 싫은 일을 하지 않고 살기 위해 혼신의 잔머리를 굴렸을 뿐. 지금도 그렇고. 나는 언제든 내가 이 일로 인해 불행해질 것 같은 느낌이 든다면 직업을 포기할 준비가 되어 있다. 나는 항상 도망칠 궁리로 바쁘다. 내 꿈은 불행해지지 않는 것이기 때문에.

Q

시간은 점점 닥쳐오는데
어느 길로 가야 할지 몰라 막막하고 두려워요.
아무도 답을 알려 주지 않아요.

내가 백수였을 때 마찬가지로 백수였던 트친이 있었는데, 시간이 지나 나는 만화가가 그분은 기자가 되어 인터뷰를 하게 되었다.

다음에는 또 어떤 일이 있을까. 내일을, 다음 달을, 내년을 알 수 없는 삶이라 너무나 불안하고 두렵지만, 한편으로는 너무나 궁금하고 기다려진다.

어떻게 끝날까 궁금한 영화를 보는 기분. 비극이 될지 희극이 될지 모르겠지만, 결말이 궁금하다는 건 참 좋은 것 같다.

십 년 뒤의 내 모습, 이십 년 뒤의 내 모습이 상상되는 삶은 그 나름으로 안정감이 있겠지만, 나는 그것보다 좀체 아무것도 모르겠는 미래 쪽이 더 좋다.

다행히 아직까지는 희극에 가까웠다. 시련도 괴로움도 있었지만 그래도 기본적으로는 희극이라고 생각하며 살고 있다.

작가님, 저는 돌고 돌아 연기의 길에 들어섰습니다.

회사를 그만두실 때 살고 싶어서 그만두셨다고 하셨죠.

돈 없는데 예술한다고 욕하는 이들에게 살고 싶어서,

돈 때문에 마음이 가난하게 살기 싫어서 예술할 거라고 처음으로 대답해 봤습니다.

미쳤다는 소리 듣는 것은 여전하지만요.

작가님 작품을 보면 불안한 가운데서도 왠지 모르게 힘이 납니다.

꼭 좋은 배우가 되어,

훗날 제가 작가님 팬이라고 밝히는 것이

작가님께도 기쁜 일로 다가가길 간절히 바랍니다!

지금까지 살면서 들은 '너는 못 한다'라는 말들이 모두 맞았다면, 나는 인문계 고등학교에 진학하지 못했고, 대학도 나오지 못했으며, 취업도, 퇴사도, 만화가가 되는 것, 책을 내는 것 모두 하지 못했어야 했다. 숱하게 많은 사람들이 '너는 못 한다'라고 말해도, 그러거나 말거나 나대로 살아왔다.
앞으로도 숱하게 많은 '너는 못 한다'라는 소리를 듣겠지만, 그 말 자체는 아무런 힘이 없다는 걸 아니까 신경 쓰지 않을 듯.
가끔 나에게 '너는 못 한다'라고 말하던 과거 속의 사람들에게 묻고 싶다. '너는 뭘 했니?'라고.
내가 보란 듯이 실패해 자빠져 있을 때 '쉴 만큼 쉬고, 다시 해 봐. 응원해 줄게'라고 해 주었다면 좋았을 텐데 말이야. 힘도 나고, 무섭지도 않고.

Q

만화가와 일러스트레이터를 꿈꾸며 미대 진학을 하고 싶었지만
사정이 있어 포기했습니다.
조금 돌아서 가더라도 독학을 해서 꼭 꿈을 이루고 싶지만,
가끔 잘 안 될 때 '배웠으면 이 정도는 그리지 않았을까'라는 생각이 들어
억울하기도 합니다.
제가 조금 더 굳은 의지로 조금 더 열심히 노력하도록
따끔하게 충고 한마디 해 주세요.

만화가는
관련 전공을 해야지만
그릴 수 있는 자격이 주어지는
전문직도 아니고,
만화가는 화가가 아니기 때문에
반드시 그림이 훌륭해야
하는 것도 아닙니다.

또 만화는 배워야
그릴 수 있는 것도
아니라고 생각합니다.
기술이야 숙달될 수
있겠지만.

만화를 처음 그리는 그날부터 나는 '일단 원고를 그리세요'라는 정성완 작가님의 말씀만을 생각하고 있을 뿐이다.

종종 '어떻게 만화를 그려야 할까요?'라고 (비인기) 만화가인 나에게 물어보는 경우가 있는데, 데뷔 전 내가 똑같은 고민을 하고 있을 때 정성완 작가님한테 '일단 집에 가서 원고를 그리세요'라는 말을 들었다. 내가 아는 건 그것뿐이다. 일단 그릴 것!

그래서 그날 그리기 시작한 게 『아만자』. 그때 나는 정성완 작가님과 아는 사이가 아니었는데 흔쾌히 찾아오라고 해 주셔서 너무 감사했다.

항상 마음속 은인으로 생각하고 있다. 또 버내노 작가님과 이한솔 작가님에게도 항상 감사한 마음이다.

Q

> 팔 년 동안 제빵만 공부했습니다.
> 유학도 다녀왔고요.
> 하지만 지쳤어요.
> 다른 길을 가려는데
> 다들 제가 미쳤대요.

자주 인용하는 친구의 말이 있다. '울며 천당 길을 가느니 활개 치며 지옥 길을 가겠다.'

아무리 남들이 말하는 좋은 길이라도 내가 싫으면 그만이다.

무엇보다 지금도 울면서 갈 정도로 괴로운 천당이라면, 도착해 마주한 천당도 마냥 좋을 리는 없을 테니까.

Q

번듯한 직장에 취업은 했는데
일이 너무 적성에 안 맞습니다.
상사들이 이야기하는 무용담도 전혀 멋지지 않고요.
내가 결국 저렇게 될 거라 생각하면
암담하기만 합니다.
매일 우울하기만 하고 의욕은 안 생겨서
더 늦기 전에 퇴사하고 싶은데 재취업할 자신이 없네요.
전 어쩌면 좋을까요?

회사 다닐 적 선배들은 "회사 생활은 원래 힘들어. 버티는 거야. 버티다 보면 좋은 날이 올 거야"라고 말했다.

그렇게 십수 년을 버티는 그들에게 "앞으로 얼마나 더 버티실 건가요?"라고 묻지는 못했다. 오지 않는 좋은 날을 기다리며 버티다 보니,

이제는 물러날 곳이 없어 그저 버티는 것만 같아 물을 수 없었다. 그나마 위안이 되었던 것은 워낙에 오래 버텨 왔기 때문인지

이제는 슬픔도 억울함도 고통도 없어 보이는, 마치 남의 인생을 사는 듯 연습 게임을 하는 듯 하루하루를 평온하게 보내는 모습뿐이었는데,

사실 그렇게 되는 것이 더 무섭게 느껴졌다. 영화 <패컬티>에 나오는 촉수 외계인에게 몸과 마음을 빼앗긴 어셔처럼 보였다. 그래서 그만뒀다.

Q

지금은 취미로 시를 쓰고 있지만,
나중에는 시집을 내고 싶다는 꿈을 갖고 있습니다.
그런데 혼자 보자니 아깝고, 남들 보여 주자니
상투적인 것 같아 창피합니다.
무엇보다 어렵게 생각해서 썼는데 '겨우 이거야?'라는
평가를 받을까 봐 무섭습니다.

그림이건 글이건 그걸로 돈을 벌고 싶으면 계속 만들어 보여 줘야 한다. 꽁꽁 숨겨 놓고 자기만 보고 있으면 그게 좋은지 나쁜지 알 방법이 없으니까.
남들한테 보여 주고 외면당하면, 적어도 왜 외면당했는지에 대해서는 고민할 수 있다. 나도 뭐 아직 초짜지만.
예전에 한 친구가 '너는 네 조잡한 결과물을 보여 주는 게 부끄럽지 않아?'라고 물은 적이 있었다. 나는 내가 만든 것이 얼마나 조잡한 것인지도 모른 채 머물러 있는 게 더 부끄럽다고 생각했다. 내가 만든 무언가를 다른 사람에게 보여 줄 때 부끄러워할 필요가 있을까. 과정일 뿐인걸.
오늘 보여 준 것이 내일, 다음 달에 보여 줄 것과 다를 바가 없다면 조금 부끄러울지도 모르지만.

Q

장래에 대한 방황은
몇 살이 마지노선이라고 생각하세요?
전 올해 스물한 살입니다.

지난달까지만 해도 나이를 먹는다는 것에 별 생각이 없었는데,

오늘 아침 문득 서른 살보다 마흔 살이 더 가까운 나이가 됐다는 생각이 들자 덜컥 겁이 났다.

아직도 마음은 십 대 언저리에 머물러 있는데 슬슬 인생이라는 무대의 퇴장을 준비해야 하는 나이라니…. 기분이 되게 묘하다.

내가 이런 말을 하면 '아직 젊어요'나 '인생 길어요'라고들 하지만, 개인적으로는 이제 천천히 사라지는 쪽에 더 가깝고 그게 맞다고 생각한다.

나 같은 사람의 목소리보다는 세상을 살 날이 더 많은 사람들의 말이 더 잘 들리도록.

저는 글을 쓰고 싶어요.

고등학생 때는 주말에 하루 종일 공원에 앉아 글을 쓰기도 했었는데,

요즘은 가정 환경도 너무 힘들고 신경 써야 할 일들이 너무 많아서

마음잡고 글 쓸 여유가 없어요.

그래서 일 년 정도 휴학을 하고 아르바이트를 해서 번 돈으로 어디로든 떠나 버리고 싶어요.

부모님께 말씀드리니 현실 도피하지 말고 졸업하고 생각하라고 하십니다.

저는 지금 당장 답답해 미칠 것 같고 다 놓아 버리고 싶은데….

어떡하죠?

우선 제가 하는 말은
비인기 만화가가
하는 말이니 그냥
흘려들으세요.

훌륭한 요리를
만들기 위해선
능숙한 기술과 풍부한
재료가 필요하겠죠.

'글을 쓴다'는 행위가 기술 연마 과정이라면, '살며 생각한다'는 것은 재료를 준비하는 과정일 겁니다.

당신은 지금 글을 쓰지 못해 기술 연마가 뒤처지고 있을지는 모르지만,

작가가 되기 위해 무엇을 해야 할까. 어쩌다 작가가 된 나로서는 이에 대해 답할 자격이 없다. 작가가 되려는 노력을 한 게 없으니 해 줄 말도 없다.

그러나 자주 질문을 받기에 한가할 때면 '작가는 어떻게 되는가'에 대해 생각해 보는데, 잦은 실패가 좀 쓸모 있는 것 같다.

사람들은 실패를 하는 것은 싫어하지만, 남의 실패를 보는 것은 좋아한다. 천만다행으로 성공까지 하면 대리 만족도 느낀다.

그러고 나서 교훈과 감동을 얻는다. 그런 고로, 실패 경험이 많으면 할 말이 많다. 아마 인기도 있지 않을까.

잘 모르겠다. 나는 성공 가도만 달려왔기 때문에 이해할 수 없는 영역이다(거짓말입니다).

성적 맞춰서 대학을 갔어요.
어쩌다 보니 문과인데 이과로 가 버렸지 뭐예요.
그러니 전공 수업을 들어도 대체 뭐라는지 모르겠고,
공부할 마음도 전혀 들지 않고 그렇습니다.
제가 여길 졸업해서 무얼 할지도 모르겠고요.
저는 실패를 예감해요. 하지만 그만둘 수가 없어요.
밑바닥에 서서 썩은 동아줄을 끊어질 때까지
잡아당기고 있는 느낌이에요.
어떡해야 할지 모르겠어요.

쭉 노력해 왔던 일을 포기한다는 건 여러모로 큰 손해겠지만, 그게 아까워 울면서 버티는 시간이 더 아깝다는 걸 나는 대학에 갔을 때 한 번,
회사에 갔을 때 또 한 번 알게 됐다. 대학에 들어가기 위해 노력한 그 시간을 제외하고 순수하게 팔 년을 허비했다.
그 시간 동안 퍼부었던 많은 돈과 시간, 천국에 도착할 수 있을 거라며 견뎌 왔던 고통들을 생각하면 눈물이 나지만,
그게 아까워서라도 남은 삶은 내 멋대로 살아야겠다고 생각할 수 있었으니 뭐, 좋은 경험이라면 좋은 경험.
또 내 남은 삶은 황야를 떠돌지 모르지만 천국이 없다는 건 알게 됐으니까 다행이라면 다행.

Q

지금 중3인 학생입니다. 체육 선생님께서 자주 이렇게 말하세요.
중3 때까지 자신이 흥미 있어 하거나 좋아하는 걸 찾으라고요.
중3 지나서 자기가 하고 싶은 걸 찾으면 늦는다면서요.
그런데 저는 제가 흥미 있어 하는 게 뭔지도 모르겠고,
아무 재능도 없는 것 같은 제가 뭘 잘할 수 있는지도 모르겠습니다.
이런저런 경험도 많이 해 보고 여행도 많이 다녀 보라고 하는데,
가정 형편이 어려워서 여행 같은 건 가고 싶어도 못 가고
집에만 틀어박혀 있어서 다양한 경험 같은 것도 못 해 봤어요.
또 끈질기게 제가 하고 싶은 걸 찾아야 하는 것의
중요성도 잘 모르겠고요.
그냥 평생 여행이나 하면서 돌아다니고 싶어요.

'몇 살까지 뭐뭐 해라'라고
하는 사람들은 대부분
자기도 못 했으면서
그런 말을 하는 것이기 때문에
들을 필요는 없어묘.

시켜 주지도 않을 거면서
뭐 하라고 하는 말도
역시 별 의미는 없고묘.

제일 안 좋은 건,
억지로 쫓겨
별로 하고 싶지도 않은 일을
'이건가?' 하고
선택하는 거예묘.

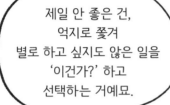

하고 싶은 건,
하고 싶을 때,
할 수 있을 때
하면 돼묘.

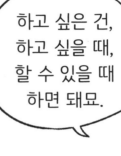

어릴 적엔 인생이 스물대여섯 살에 결판나는 줄 알았는데, 그 결판의 시기는 생각보다 여러 번인 것 같다. 적어도 나는 그렇다.

하지만 스스로가 '내 인생은 결판났다'라고 생각하면, 그걸로 결판이 나는 듯 싶다.

내가 회사 그만둘 때 주변 모든 사람들이 저주에 가까운 불길한 예언을 하는 와중에도 '뭐가 어찌 됐든 지금처럼은 살기 싫다'라고만 막연하게 생각하고 살아온 결과가 지금이다. 운이 좋았지만, 그 좋은 운도 '꾹 참고 살았'으면 만나지 못했을 것이다.

죽도록 싫은 걸 꾹 참고 살 힘이 있다면, 그 힘으로 다른 뭐를 하든 더 잘할 수 있을 것이다.

Q

지금 공부하기
너무 싫어요.
공부할 수 있게
따끔하게 한마디만
해 주세요!

왜 그래?
내 말은
들을 것처럼?

나는 공부가 중요하지 않은 사회가 되어야 한다고 믿는다. 공부는 해야 할 사람만 하면 된다.

공부가 적성이 아닌 사람은 다른 일을 할 수 있고, 그 일이 공부를 잘해서 하는 일과 동등한 대접을 받으면 좋겠다.

아니 그러면 세상에 누가 공부를 하겠느냐고 묻겠지만, 지금처럼 모두가 공부를 잘해야만 하는 것이 이상한 일이다.

일반적으로 말하는 '좋은 일'을 할 수 있고, 그래서 '안정적인 삶'을 살 수 있는 정원은 정해져 있는데, 어차피 그 인원 안에 들어갈 수도 없는

수많은 사람들이 모두 하나의 목표를 향해 인생을 매진하는 것이 정상 같지는 않다. 그것보다 다른 일들도 좋은 일로 만들고,

공부를 안 해도 안정적인 삶을 살 수 있는 사회가 되었으면 좋겠다. 사실 사회가 강조하는 것만큼 실제로 중요하지도 않은 것 같고.

Q

이십 대 후반입니다. 그림을 배우고 싶어서 대학에 진학하고 싶은데,

그쪽 분야 종사자인 지인에게 그 나이 먹고 대학에 진학해서 뭐하냐는 말을 들었어요.

저도 내심 신경 쓰이던 문제였는데, 대놓고 지적을 받으니 자신감이 더 없어집니다.

게다가 늘 이런 반응들뿐이라 주변 사람들에게 솔직하게 말을 못하겠고요.

하지만 이대로 포기하면 계속 미련이 남을 것 같습니다.

꼭 대학 진학을 해야만 그림을 그릴 수 있는 게 아니라는 건 알지만,

나이가 많다는 이유로 꿈을 부정당하는 것 같아서 상처받게 됩니다.

신경 쓰지 않고 싶은데….

너무 속상해요.

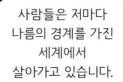

사람들은 저마다
나름의 경계를 가진
세계에서
살아가고 있습니다.

배움에
나이를 들먹이는 사람은
'배움에 나이 제한이 있는'
세계에 살고 있는 거죠.

당신은 어떤 세계에
살고 있나요?
어디를 끝으로
정해 놓았나요?

살아가는 과정을 세상과의 경계를 확인하고, 점차 그 경계를 넓히기 위한 과정이라고 생각하며 사는 사람이 있고,

자신의 세상만이 유일하여 그 외의 것은 존재하지 않는 것 내지는 존재해서는 안 되는 것으로 부정하는 사람이 있는 듯하다.

다소 고통스러울지라도 자신의 세계의 협소함과 다른 세계의 다양함을 인정하고, 그 경계를 넓혀 나가기 위해

끊임없이 자신의 틀을 허물고 교류하는 과정 속에서 사람은 성장하는 거라고 생각한다. 물론 괴롭겠지만.

그러기 위해선 항상 나를 옹호해 주는 사람을 경계(부정적인 의미에서가 아니라)해야 할 필요가 있다고 생각한다.

그리고 괴롭더라도 내 사고의 빈 곳을 찔러 주는 사람의 말을 귀담아들을 필요도 있고. 물론 이 역시 괴롭지만.

Q

저는 스물두 살입니다.

아직도 제가 뭘 잘하고 뭘 좋아하는지 모르겠어요.

할 수 있겠다 싶어 시작한 공부는 막상 해 보니 제 적성과 너무 안 맞고⋯

이 년 동안 이 공부하느라 쓴 시간과 돈을 생각하면 부모님께도 너무 죄송하고요.

이러다 정말 계속 아무것도 못 할까 봐 겁이 나요.

성격도 소심하고, 잘하는 것도 없고, 시간은 계속 흘러가고⋯

힘든 일은 앞으로도 무궁무진할 텐데,

이런 제가 앞으로의 힘든 시간들을 잘 헤쳐 나갈 수 있을까요?

다른 사람들 모두가 바쁘게 움직이는 소중한 시간들을

저는 그냥 쓰레기통에 버리고 있는 것 같아 무서워요.

젊다는 것의 좋은 점은 아무래도 남은 수명이 길다는 것이다. 야구로 치면 타석에 들어설 수 있는 기회가 많은 셈이니까.

첫 타석에서 삼진을 당하고, 두 번째 타석에선 외야 뜬공으로 아웃을 당해도, 그다음 타석에선 감을 잡아 안타를 홈런을 쳐 낼 수 있을지도 모른다.

이제 슬슬 중년을 향해 가는 나로서는 그저 부럽다. 그 외엔 별로 부럽지 않지만.

Q

고등학교만 졸업하고 직장에 다니던 중
대학에 갈 수 있는 기회가 주어졌어요.
직장과 대학, 어느 쪽을 선택하는 것이
덜 후회하는 선택이 될까요?

덜 후회하는 것은 없다.

당장 이 선택을 했을 때 내가 알 수 있는 건 오로지 이 선택의 결과뿐이고, 다른 선택에 대해서는 미지의 세계니까.

물론 사람의 마음이란 게 워낙에 간사해 언제나 내가 고른 것이 성에 차지 않으면 고르지 않았던 것이 더 좋아 보이고 더 좋았을 것 같지만

그것은 또 그것 나름의 힘든 점과 못마땅함이 있기 마련이다. 현실에 만족하자는 것은 아니다. 기본적으로 모든 것은 후회스럽다는 얘기다.

운이 좋다면 후회 속에서 무언가를 얻을 수도 있겠지. 나만의 기준이라거나.

Q

정말로 자신의 최선의 최선을 다했는데도
결과가 좋지 않다면
그래도 계속하는 게 좋을까요,
다른 길을 찾는 게 좋을까요?

최선의 선택이나 노력이 반드시 최고의 결과를 보장하지는 않는다. 이른바 성공한 사람들은

'최선의 선택을 했고, 최고의 노력을 한 결과 최고가 되었습니다'라고 말하지만, 같은 길을 걷는 사람들 중 그보다 더 노력한 사람이 없을 리 없고,

더 나은 선택을 한 이가 없지도 않을 것이다. 물론 '운이 좋았습니다'라고 말하는 게 성의 없는 것 같아 한 말일 수도 있겠지만.

어쨌든 하는 것을 멈추지만 않으면 된다. 갈림길 앞에서 망설이게 될 때도 있겠지만, 일단 어느 쪽으로든 가다 보면 어디로든 가게 된다.

그리고 그것이 가시덤불이건 진흙탕이건 헤쳐 나가면 된다. 힘들면 쉬시고요.

Q

제가 어렸을 때부터 꿈꿔 왔던 만화가와

지금 끌리는 건축가 중

무엇을 선택해야 할까요?

오늘 인터뷰하다 든 생각인데, 지금의 사회는 우리에게 '실패해도 괜찮다. 다시 또 해 봐'라고 도와주지 않고,
'실패하면 끝이다. 우리가 정한 길로만 걸어라'고 하며 겁을 주는 것 같다.
그러다 보니 누구든 '한번 해 봐'라는 소리를 하기가 쉽지 않고, 또 듣는 입장에서는 그 소리가 야속하게 느껴지기도 하고,
자연히 안전하고 손실이 적은 일에만 사람들이 몰리고, 경쟁은 치열해지고⋯.
사회가 공포를 조장하고 경쟁 상황을 의도적으로 만들어 나갈 리는 없겠지만, 찝찌름하다. 씁쓰름하고.

Q

고시생인데 가끔 힘들고
이 길이 맞나 싶어요

자신이 가는 길의
험난함을 이겨 내는 것은
용기가 필요합니다.

그리고 아니다 싶어
돌아서는 것에도
용기가 필요하지요.

그러니,
용기를 내세요.

…

사실은
저도 무서워요.

나는 연재를 하고 있고, 책도 나오고 있고, 내 글과 그림을 봐 주시는 분들도 있고, 덕분에 먹고살고 있고, 그래서 참으로 행복하다.

행복한데, 언제까지 이 행복이 계속될까 하는 불안감이 엄청나게 크다. 그런데 한편으론 이 불안감이 없으면 열심히 그리지 않을 것 같다.

더 많은 사람들이 내 이야기를 봐 주고, 그래서 내가 또 연재를 할 수 있고, 책도 나오고, 그래서 사랑도 받고, 돈도 벌고, 그래서 또 행복하면 좋겠다.

그러기 위해 불안이 너무 커지거나 사라지지 않게 잘 지낼 수 있으면 좋겠다. 장기 연재 하고 싶다. 한 만화를 장기 연재 하고 싶은 건 아니고,

단행본 다섯 권 정도 되는 분량의 만화를 쉬지 않고 그릴 수 있으면 좋겠다. 그럴 수 있을까. 으, 불안불안.

Q

저는 고3 학생입니다.
제가 무엇을 좋아하고 무엇을 하고 싶은지조차 모르겠어요.
이렇게 시간만 보내다가는
남들이 말하는 '실패한 인생' 소리를 들을 것 같아
두렵습니다.

남들보다
천천히 출발하더라도
원하는 길을 찾는 게
중요합니다.

남들이 말하는
'실패한 인생' 소리가
무서워 서둘러 선택한 길은
눈물이 멈추지 않고,
돌아오는 길은
매우 멀고 험하니까요.

저는 그랬다는
얘기입니다.

헤매는 것을 죄악처럼 여기는 상황들이 안타깝다. 헤매는 것은 죄악이 아니다.
사오 년 헤매서 자신이 중요하다고 생각하고 노력할 수 있는 가치를 찾는다면
긴 우리의 인생으로 보자면 결코 긴 시간이 아니라고 생각한다.

Q

원래 그림을 그리고 싶었는데,
집안 반대로 스무 살이 넘어서
그림을 시작하게 되었습니다.
지금은 제가 하고 싶은 걸 하고 있어서 너무 좋은데,
저보다 잘 그리는 또래 친구들을 보면
너무 늦게 시작한 건 아닌가 싶어
끝없이 답답하기만 합니다.

세상엔
언제 시작했는지보다
언제까지 하는지가
더 중요한 일들이
많아묘.

나는 내 나이 서른셋에 그림을 그리기 시작했다. 그림을 시작한 그 누구라도 나보다 나이가 적다면,

그만큼 앞서 나가고 있는 것이니 참고하시길. 저도 분발하겠습니다!

스물네 살, 요리를 배우고 있습니다.
더 큰 세상을 경험해 보고 싶어 일본 워킹 홀리데이를 준비하고 있고요.
직장 선배들은 '너같이 일해서는 일본 가도 힘들 거다' 같은 비관적인 말을 하고,
가까운 사람들은 '해낼 수 있을 거다'라며 응원을 해 줍니다.
저도 사람인지라 달달한 말에 귀가 솔깃해지기는 하지만,
직장 선배들 말처럼 닥쳐올 현실이 비관적일까 봐 두려운 마음도 있습니다.
직장 선배들의 말과 가까운 사람들의 말 중 어느 쪽을 더 귀담아들어야 할까요?
혼자 판단하는 것이 너무 버겁습니다.

망설임 없는 삶이 꼭 좋다고 할 수는 없지만, 그래도 선택을 해야 한다면 무모한 삶을 응원한다. 그분들도 나도 언젠가 반드시 벽에 부딪혀 지난날의 무모함을 후회할 날이 오겠지만, 그래도 또 그때는 그 나름의 무모함으로 어찌어찌 넘어갈 수 있지 않을까.

어찌 됐든, 과거의 내가 '뭐 어떻게 되지 않을까?'라는 무모함으로 울타리를 뛰어넘지 않았다면, 나는 절대 한낮의 거리를 웃으며 걸을 수 없었을 테니까.

아마도 이 시간까지 퇴근도 하지 못하고 있다 회식에나 끌려갔겠지. 으, 끔찍! 하지만 현실 감각을 유지하는 것도 중요하다고 생각한다.

뭐 어찌 됐든 지난 일 년, 조금 무모했던 덕분에 그분들도 나도 조금씩이지만 나아갔다. 확실히 그리고 은근히 동지 의식이 느껴진다.

Q

이 길이 내 길인지
확인할 수 있는 방법이 있을까요?

백수 시절, 굴러다니던 샤프를 들어 연습장에 그림을 그려 트위터에 올렸던 게 엊그제 같은데 내 그림이 그려진 가방이 나올 줄이야.

인생은 정말 예측불허다. 그러니 섣불리 판단하지 마시길. 당시 나는 글을 쓰고 싶었던 것도 아니고, 그림을 그리고 싶었던 것도 아니었다.

아니, 그 당시는 진지하게 뭘 해야겠다는 생각이 전혀 없었다. 그냥 벗어나고 싶었다. 그래야 좀 살 것 같아서.

회사는 그만뒀고, 버는 돈은 없고, 잔고는 점점 줄고, 불안감은 커지고, 하루 중 두 끼 시리얼을 먹고, 주변의 걱정과 잔소리는 점점 늘어나고,

나이는 먹고, 시간은 흘러만 가고, 식은땀은 나고…. 그런데도 웃음이 실실 나더라. 좀 살겠다 싶더라.

Q

저보다 잘하는 사람도 많고
재능 있는 사람도 많습니다.
정말 제가 이 길로 가는 게 맞는 걸까요?

탁—

쓱—

나보다 잘하는 사람도 없고, 재능 있는 사람도 없는 길은 오가는 사람도 없지는 않을는지.

네 인생 네 멋대로

대충 살아

뭐가 되든, 되지 않든

응원할 테니까 위로

뜻대로 되지는 않겠지만

Q

이 세상에서
흔적도 없이
사라져 버리고 싶어요.
가능할까요?

남겨진 사람들의
기억까지
지울 수만 있다면야.

아버지가 돌아가시고 어머니는 큰어머니에게 "형님, 나는 이제 어떻게 살아요? 어떻게 견뎌요?"라고 울며 물으셨다.

결혼 후 칠 년 만에 큰아버지와 사별한 큰어머니는 울면서 "못 견뎌. 어떻게 견뎌. 나도 아직 생각나는걸" 하고 우셨다.

그 장면이 내내 기억에 남는다. 큰어머니가 그렇게 오래 전에 떠난 사람을 함께한 것보다 몇 배 많은 시간 동안 잊지 못하셨을 거란 생각은 하지 못했다. 나는 어떤가. 물론 슬프다. 문득 떠올라 잠 못 이루는 날도 있지만, 되려 가끔 전혀 생각을 안 하는 때도 있어 놀란다.

이래도 되는 걸까, 하고. 이렇게 되는 걸까, 하고. 하지만 굳이 기억하려고 노력하진 않는다. 그래야 내가 또 살아갈 수 있으니까.

저는 어렸을 때 폭력에 자주 노출됐던 사람입니다.

하루하루를 가해자에 대한 원망으로 간신히 버티곤 했습니다.

물론 어른이 된 지금은 부모님도 선생님들도 동창들도 전부 이해할 수 있게 됐고

누군가를 죽도록 싫어하는 일도 없어졌지만, 갈 곳 잃은 분노가 저를 너무 힘들게 합니다.

그 사람들을 향했던 제 감정들이 이제 저를 공격하거든요. 심한 죄책감을 느끼기도 하고요.

사람들은 제 자신을 사랑하면 된다고 하는데, 어떻게 해야 하는 건지 잘 모르겠습니다.

작가님께서는 자신을 사랑하시나요?

사랑하신다면, 왜요?

정말 세상엔 절대 부모가 되지 말았어야 할 인간들이 너무 많다.
부모에 대한 고민은 아무리 생각해도 답이 없다. 왜 어린 자식들에게 이런 시련을 겪게 하는 걸까.

Q

'후회 없이 살기'를
인생의 모토로 삼고 살았는데,
요즘엔 계속 과거 일을 돌아보면서
후회하고 우울해하고 그럽니다.
처음부터 다시 시작하고 싶습니다.
제가 그때 왜 그런 결정을 했는지,
왜 이렇게 살아왔는지 모르겠어요.

아버지는 늘 내게 '똥을 찍어 먹어 봐야 아는 멍청한 놈'이라고 말했다.

하지만 나는 '저게 혹시 똥이 아니면? 똥 색 초콜릿이면?' 하는 생각을 멈추지 못했고, 매번 찍어 먹고 나서야 '똥이네' 하고 후회했다.

그 결과 지난 삶이 숱한 똥으로 점철되어 그야말로 엉망진창이지만 얻은 것이 있으니 이제 더 이상 똥이 두렵지 않다는 것이다.

발전했다면 발전한 것이겠지.

Q

제 꿈은 혼자 세계 여행을 떠나는 것입니다.
돈도 있고 시간도 있습니다.
하지만 주변에서 여자 혼자 위험하게
무슨 세계 여행이냐고들 합니다.
작가님은 어떻게 생각하시나요?
그리고 어떻게 하면 제 주변 사람들을
설득할 수 있을까요?

뭘,
왜,
설득합니까?

내가 떠나고 싶으면
떠나는 거죠.
그러려고 어른 될 때까지
참은 거 아닌가요?

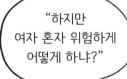

"하지만
여자 혼자 위험하게
어떻게 하냐?"

어차피 그 소리는
펴어어어어어어엉생
들어야 합니다.

"뭘, 왜, 설득합니까?" 분명히 이런 자세가 필요한 때가 있다. 난 설득도 설명도 별로 하지 않는 편이다.

해 봤자 의미 없는 경우가 많아서.

'절대 안 된다!'라고 하면, '아, 그렇군요!' 하고 앞에서 고개를 끄덕이고 혼자서 시작하는 게 낫다. 여러모로.

Q

저는 아직 제 인생에 대해 확신이 안 서고 두렵기만 합니다.
그런데 사람들은 조금이라도 젊었을 때 여행이나 자기 계발 같은
의미 있는 활동들을 많이 해야 한다고 합니다. 저는 이런 활발한 활동들과는 거리가 멀어서,
노력은 하고 있지만 쉽지가 않습니다. 쉽게 변하지 않으니 자꾸 멍하니 있게 되고,
'나는 이 정도밖에 안 되는구나' 하는 생각에 불안하기만 합니다.
저만 흐르지 않고 고여 있는 것 같기도 하고요.
심해 속으로 가라앉는 기분입니다.
저는 지금 잘하고 있는 걸까요?
이대로 저 혼자만 멈춰 있게 되는 게 아닌가 싶어
두렵습니다.

나는 다른 사람의 인생에 별 흥미가 없고, 다른 사람도 마찬가지일 거라고 생각하기 때문에
'너를 위해 하는 말인데~'로 시작하는 대부분의 말을 듣지 않는다.
일단 고분고분 듣기는 하지만, '네 말 따위'라고 생각하는 경우가 많다.
'너를 위해 하는 말인데~'라는 건, '내 마음에 들지 않아서 그런데~'인 경우가 많았기 때문에.

Q

저는 여덟아홉 살 때의 기억이 거의 없습니다.

그런데 요즘 자꾸 드문드문 기억이 나서 무서워요.

병원을 가야 할까요?

제 자신이 스스로 기억을 찾을 때까지

내버려 둬야 할까요?

"아무래도 정신과를 가 봐야겠어"라고 내가 말할 때마다 모두들 "그럴 돈이 어딨냐. 다들 버티면서 사는 거지"라고 말했다.

마치 정신과를 가는 것이 사치스럽거나 수치스러운 일이고, 한 번 발을 딛는 것만으로 '버티지 못하고 낙오하는' 사람이 되는 것마냥.

아프면 병원에 가야 한다. 그것이 몸이건 마음이건 안 가고 버텨 봤자 키울 수 있는 건 미련함과 병뿐이다.

Q

포기하고 싶은데 다들
'조금만 버티면 괜찮아질 거다',
'조금만 더 힘내서 버티면 나아질 거다',
'지금 포기하면 이도저도 안 되는 거 알고 있지?'
이런 말만 해요.
포기하면 안 되는 거예요?
전 지금 너무 힘든데….

거지 같은 상황을 해결할 생각은 없이 그저 '잘 견뎌 냈음'을 무슨 훈장처럼 여기는 미련함은 언제쯤 사라질까.
적어도 '아, 거지 같은 상황이네'라고 말하는 이에게 '참을성이 없어서' 또는 '정신력으로 이겨 내야' 또는 '나 때는…'으로 시비를 거는 이에겐
과태료라도 부과했으면. 정신력으로, 깡으로, 악으로 견뎌 내는 바람에 거지 같은 상황이 이어져 간다.
못 해 먹겠다는 사람이 많아져야 룰이 바뀌지 않을까? '요즘 젊은 것들이 나약해서 이겨 내질 못한다'는 말은
'우리가 예전의 거지 같은 상황을 방치해 이런 사회를 만들어 냈다'는 자기 고백 같고. 왜 맨날 참고 견디래.

Q

불안합니다.
그저 잠으로 도피하게 되네요.
작가님은 불안할 때
무얼 하시나요?

'현실을 잊게 해 준다'는 말을 별로 좋아하지 않는다. 현실을 잊게 해 준다는 건, 결국 아무것도 바꿔 놓을 수 없다는 얘기라서.
현실을 잊어야만 견딜 수 있는 가혹한 삶이라면, 그럴수록 더더욱 현실을 직시해야 한다고 생각한다. 외면해서 해결되는 것은 아무것도 없으니까.
하지만 그건 어디까지나 그럴 수 있는 사람에 한해서 그렇다는 얘기고, 차마 현실을 바라볼 수 없어 눈을 감고 버티는 사람의 눈꺼풀을
억지로 여는 건 잔인한 일이라고 생각한다. 역설적이지만, 눈을 뜰 수 있는 사람들이 차마 눈을 뜨지 못하는 사람들도 바라볼 수 있는 사회를
만들어 주면 좋겠지만, 현실은 눈먼 자들의 도시에 더 가깝다.

Q

저는 어린 시절 전따를 당했습니다. 이를 이유로 전학을 다니게 된 건 아니지만

이상하게 전학 갔던 곳에서도 똑같이 전따를 당했고요.

그리고 제가 무언가를 배우다가 성폭행을 당해

배우던 것을 그만두고 자살 시도를 한 적도 있습니다.

정말 힘들고 죽고 싶고 괴로운 어린 시절 기억 때문에 커서도 내내 우울하고 힘들었는데,

어떤 연예인을 좋아하면서 우울증을 치료하게 되었어요.

다른 사람들에게 이 이야기를 하면 무시를 하거나, 되도 않는 소리 말라며 면박을 줍니다.

제가 너무 매니아 같아서 그런 걸까요?

제가 연예인을 계기로 우울증을 극복한 게

정말 그렇게 우스운 일인가요?

대화를 하다 보면 상대방이 내 말을 이해 못 했구나 싶을 때가 있다. '내가 설명을 제대로 못했거나' 아니면
'이해할 수 있는 수준으로 설명을 못했거나' 둘 중 하나일 텐데, 다짜고짜 '허허허, 못 배운 놈!'이라고 하는 사람은 참. 누가 못 배운 건지….
물론 현실에서 이해 못 하는 이에게 '머리가 나쁘구나. 계몽이 덜 됐다'라고 말하는 사람은 없겠지만,
SNS상에서는 자주 보인다. 이유가 뭘까. 현실에서는 그렇게 생각은 하지만 표현하진 않는 걸까.

Q

제 친구는 자기 친구들을 과시해요. 예를 들어 제 앞에서 자기는 친구가 많다는 식으로 행동하죠.

때론 그 친구는 저한테 이런 말을 하곤 합니다.

"야, 혼자서 다니는 건 좀 그렇지 않냐? 진짜 불쌍해 보임!

내 친구가 급식실에서 혼자 밥 먹는 거 보니 좀 그렇더라."

이런 말을 하는 그 친구가 정말 한심해 보였습니다.

그런데 정말 한심한 건 이런 말에 신경 쓰고 정말로 혼자인 걸 두려워하는 제 자신입니다.

이렇게 계속 있다가는 정말 혼자서는 아무것도 못 하는

겁쟁이가 될까 봐 두려워요.

그리고 더 두려운 것은 그 친구의 눈이에요.

제가 혼자 있는 것을 그 친구가 봤을 때 저를 바라보는

그 친구의 동정의 시선이 너무 무서워요.

그저 마음에 안 들어서 혹은 기분을 나쁘게 할 요량으로 안 좋은 얘기를 하는 사람들에게 신경 쓰느라 하고 있는 일을 멈추면 안 된다.
그러면 그 사람들이 좋아할 테니까. 그러거나 말거나 매일 내 일을 하면 '말이 안 통하는 녀석이군' 하며 지쳐서 떠나갈 것이다.
예전부터 참 집요하게 욕을 하고, 말을 지어내고, 미루어 짐작하고, 비아냥대는 사람들이 있었지만 어차피 그 사람들은
내가 어떤 일을 하건 그럴 사람들이기 때문에 굳이 마음 쓸 이유가 없다. 자기들의 그런 모습이 얼마나 시시해 보이는지 모르고 있겠지.

Q

사람들은 자식을 학대한 부모라도,
그래도 부모니까 용서하고
끝까지 보살펴야 한다고들 말합니다.
작가님은 어떻게 생각하세요?

자신의 마음을
망가뜨리면서까지
지켜야 하는 것은
세상에 없어!

쿵ㅡ 쿵ㅡ

도리를 다하고 대가를 바란다. 인간의 조건이다.

저는 삼 년이라는 시간이 넘도록 정말 말 그대로 아무것도 하지 않고 집에서 놀았습니다.

그림 그리는 게 꿈이라고 말만 하고 노력다운 노력도 하지 않았죠.

남들은 우여곡절 다 겪고 경험 쌓는 시간을 그저 허송세월한 제 과거가 한없이 아깝기만 합니다.

하루에도 몇 번씩 후회하고 곱씹으며 우울해합니다. 그저 제 인생은 망한 것 같다는 생각뿐입니다.

겉으로는 잘도 웃고 있지만 말이죠. 내년이면 서른인데, 이제 겨우 알바를 하면서

학원을 다닐 계획을 세우고 있습니다. 이런 저, 괜찮은 걸까요?

친척들과 주위 사람들은 저를 걱정해 주기도 하고, 한심해하기도 하고 그러네요.

제가 이대로 살아도 괜찮을까요?

처음으로 '수영에 자신 있다'고 깨달았던 순간은 더 이상 물에 빠지는 것이 두렵지 않던 때였다.
그러기 위해 내가 했던 것은 오로지 물에 빠지는 것이었다.

Q

꿈도 없고,
목표도 없고,
공부도 하기 싫어요.

나는 줄곧 불행으로부터 도망만 치고 있는 입장이기 때문에 성공이고 실패고 별로 연연하지 않는다.

불행하지만 않으면 된다. 행복까진 바라지 않고, 그저 나를 불행하게 만드는 것들로부터 혼신의 힘을 다해 도망만 치고 있는 중이다.

아무리 좋은 가치를 추구하고, 원대한 무언가를 이룰 계획이라고 하더라도 '지금 불행하다'는 생각을 하고 있다면

아마 그 무언가를 이룰 때까지 견딜 수 없지 않을까.

비겁자라고 불리건, 낙오자라고 불리건, 패배자라고 불리건 상관없다. 불행 속에 빠진 채 만들어 내던 것은 또 다른 불행이었기 때문에.

Q

젊은 날에는 모험을 해야 하나요?
두렵지 않은 사람은 없겠지만….
많이 두려워요.

여행을 많이 다닐 것을 권하는 편이다. 그 이유는 지금까지 내가 알고 있던 사회와는 다른 사회가 존재한다는 것을 알 수 있기 때문이다.
그동안 내가 당연하다 생각했던 것들이 당연하지 않은 것일 수 있고, 생각해 본 적 없는 것들이 당연하게 여겨지는 경험은
분명히 나의 세계를 확장시켜 주는 것 같다. 병원이 공짜일 수 있다는 사실에 놀라고, 교육이 공짜일 수 있다는 사실에 또 놀라고,
실직자도 미혼모도 장애인도 생활을 할 수 있도록 지원을 받는다는 사실에 다시 또 놀라고. 물론 그만큼 세금을 낸다는 사실에도 놀라고.
내가 아는 세상이 다가 아니었다는 걸 깨닫는 것과 그렇지 않은 것은 분명 차이가 있고, 그걸 알게 된다는 점은 의미 있는 것 같다.

Q

전 초등학교 6학년부터 고등학교 1학년 때까지 따돌림을 당했습니다.
그러던 중 저를 따돌리던 어떤 아이가 저에게
"너는 따돌림 당할 만한 이유가 있어 따돌림 당하는 거야.
네 태도를 알고 고치면 놀림 당할 일도 없을 거야"라고 말하더군요.
그 말을 들으니 제가 다른 아이들에게 이렇게 오래 따돌림 당한 게
제 잘못 때문일 수도 있겠다는 생각이 들었습니다.
전 성격이 소심한 편이라 뛰어노는 걸 싫어하고 책이나 음악을 좋아합니다.
이런 제 성격이 문제라서 이렇게 오랫동안
따돌림을 당한 걸까요?
정말 제 성격이 문제인 걸까요?

상당수의 폭력은 '그래도 나에게 해 될 것이 없다'는 생각을 바닥에 깔고 있는 경우가 많은 듯하다.

그렇기에 '그것이 해가 된다'는 것을 보여 줄 필요가 있지 않을까 싶기도 하다. 그래야 비슷한 마음으로 비슷한 폭력을 저지른 다른 사람들도 조심하지.

'나에게 무해하다'는 인식을 없애 나가는, 그래서 '내가 이룬 모든 것이 무너질 수 있다'는 위협을 느끼게 되는 과정이

곧 여러 종류의 폭력을 사라지게 하는 방법이 아닐까.

Q

삼십 대 초반 아줌마예요. 성폭행과 성추행 속에서 십 대를 보냈지만,

대학에 진학한 뒤로는 이 악물고 살아가고 있습니다.

버릇처럼 "죽고 싶어"라고 말하면서도 살아 내기 위해 스스로를 보듬으며 최선을 다해 살았어요.

그 덕인지 많이 좋아져서 연애도 하고, 사랑도 하고, 결혼까지 했습니다.

사랑받는다는 게 이런 거구나 싶으면서도, 아무것도 모르는 남편에게 죄책감이 들어요.

남편을 속이고 있다는 죄책감요. 나는 이런 과분한 사랑을 받을 만한 사람이 아닌 것 같고,

남편이 내 예전 상처를 알게 돼도 여전히 나를 사랑할까 싶어

불안하기만 합니다.

제 과거를 남편에게 이야기해야 할까요?

웹툰 「내 멋대로 고민 상담」을 그릴 때 답변의 기준은 명확하다. '지금, 여기에 있는 나(상담자)'에 대한 이야기만 한다.

지나간 일은 되돌릴 수 없다. 다가올 일은 알 수 없다. 이곳이 아닌 곳에서 벌어지는 일은 어쩔 방법이 없고, 내가 아닌 다른 사람의 일 역시 감당키 어렵다.

그러한 불가항력적인 것들로 잔뜩 얽힌 실뭉텅이를 풀어내려니 고민이 생길 수밖에.

그렇기에 모든 대답은 우선 그 실뭉텅이를 내려놓으라는 것으로 귀결된다. 정답은 아닐 것이다. 하지만 오답도 아닌 것만 같다.

적어도 비전문가인 내 선에서 할 수 있는 조언은 그것뿐이다.

Q

지치고 힘들고 주저앉고
갈 길을 찾지 못할 때
작가님은 뭘 하시나요?

261

고3 때는 일 년 내내 팽팽 놀았다. 재수를 했지만. 남들이 말하는 '중요한 시기'라는 것은 사실 그렇게 중요하진 않다고 생각한다.

어차피 인생은 일이 년 정도는 대충 산다고 망하거나 흥하지 않더라. 못 쉬고 울면서 미적미적 억지로 걸어가는 것보다는

'아, 더 이상은 지겨워서 못 살겠다' 싶을 정도로 쉬어야 앞으로 살아갈 힘도 얻고, 뼈저린 후회로 추진력도 얻을 수 있는 게 아닐까 싶다.

논다는 것에 너무 큰 죄책감을 갖지 말기를. 이왕 놀 거면 화끈하게.

나도 놀 때는 하루 세 끼를 식빵으로만 때워도 웃음이 실실 났다. 또 놀고 싶다. 놀기 위해 지금은 일한다. 이 일이 끝나면 혼이 빠지게 놀 것이다.

Q

칭찬해 주세요.
잘했다고.

'잘 하고 있다'와 '더 잘해라'는 비슷한 말 같지만 전혀 다르다. 전자는 힘이 되는 반면, 후자는 부담이 된다.
가급적 나는 '잘 하고 있다'는 말을 하는 사람이고 싶고, '더 잘해라'는 말을 '잘 하고 있다'는 뜻으로 받아들이고도 싶다. 어렵겠지만.
'자아알 하는 짓이다'라는 말은 하고 싶지도 듣고 싶지도 않다.

Q

여전히 죽고 싶습니다. 날 기억하는 사람들이 내가 죽은 걸 슬퍼해도 그저 죽고 싶습니다.

하고 싶은 일을 찾았지만 스트레스가 극에 치달아서 그냥 죽고 싶습니다.

요즘 내내 이런 마음입니다. 더 이상 누군가에게 기대는 게 너무 어렵고

사람을 믿지 못하고 의심이 많아져서 외롭습니다.

사람이 너무 좋은데 내가 좋아하는 게 미안하고, 혼자인 게 편하지만 외롭습니다.

그냥 이런 제 마음을 말하고 싶었어요. 미안해요.

우울한 글을 보면 상대방도 우울해진다는 거 잘 알면서 이런 글을 보내 미안합니다.

작가님은 이런 글을 많이 보시겠죠?

미안해요. 그리고 읽어 줘서 고마워요!

이유는 모르겠지만 나와 아무런 상관이 없는 삶이라도 스스로 삶을 포기하려는 사람은 말리고 싶다.

세상은 앞으로도 변함없이 가혹하겠지만, 그래도 살자고 하고 싶다.

어차피 죽을 때 되면 살고 싶어도 죽게 되니까 그때까진 속는 셈 치고 살았으면 좋겠다.

고단한 삶이지만 내일도 살아가기를, 아무도 죽지 말기를 기도한다.

내가 뭔가를 해서 하루라도 더 살 마음이 생긴다면 매일이라도 할 텐데. 그 뭐가 뭔지 모르겠다.

Q

하루하루 버티기가
너무 지치면
어떡하죠?

도망쳐.

비겁해서
싫어?

무책임한 것 같아?

그렇다면,

십수 년간의 경쟁 끝에 들어간 회사. 끝나지 않는 어느 회식 자리에서 화장실 변기통에 고개를 들이밀고
목구멍에 손가락을 넣어 먹은 것을 게워 내길 열몇 번째 하던 날 생각했다. 아, 이러려고 그 고생을 하며 살아왔던 건가.
지하철 선로에 뛰어내릴까, 라는 생각을 하루도 빠짐없이 출근길에 하던 시간이 있었기에,
'힘든 지금의 상황을 견뎌야 할까요?'라고 묻는 사람에겐 '도망치세요'라고 말한다. 버티면 죽을 거니까. 내가 그러려고 했으니까.

고3 때 처음으로 남자 친구를 사귀었는데, 이때 제대로 된 피임법을 몰라 임신을 했습니다.

칠 주째에 낙태를 했고요. 이런 제가 너무 쓰레기 같습니다.

벌써 이 년이 다 되어 가지만 항상 마음 한 켠에 큰 짐이 있습니다.

나를 사랑해 준 가족들에 대한 미안함, 몰라도 너무 몰랐던 나에 대한 증오,

남 일처럼 대하던 그 남자에 대한 증오가 떠오를 때마다 너무 힘듭니다.

이런 제가 다시 누군가를 만날 수 있을까요?

제가 몸을 굴리고 다녔던 애도 아니고, 지금도 그러는 애는 아니지만

제 자신이 너무 더럽다는 생각을 떨칠 수가 없습니다.

제가 제 자신을 용서하고 위로할 수 있을까요?

항상 마음 한 켠이 더러워요.

낙태는 죄일까? 아직은 실정법상으론 죄다.

하지만 그것을 죄로 규정해 처벌하는 것이 과연 마땅한 미덕으로 후세에 평가될까? 아니면 야만적 과오로 기억될까?

현재 임신부의 요청에 따른 낙태를 허용하거나 처벌하지 않는 나라는 60여 개국이며, 사회경제적 사유가 있을 때 낙태를 허용하는 국가는 10여 개국이다.

우리나라는 임신부의 생명, 신체적·정신적 건강, 성폭행, 태아의 결함 이유를 제외하고는 불법인 나라이며,

비슷한 나라로는 태국, 인도네시아, 오만, 요르단, 쿠웨이트, 팔레스타인, 이스라엘 등이 있다.

Q

어렸을 때 아빠가 매일 술을 마시며
심한 욕설과 상처를 주는 말을 하면서 때렸습니다.
그래서 전 아빠에 대한 마음의 문을 닫았고요.
그런데 저에게 아이가 생기자
주위 사람들이 아빠에게 연락해서 소식을 전하래요.
엄마마저도 제가 먼저 아빠한테 연락하래요.
정말 연락해야 하는 건가요?

고민 중에는 부모, 형제, 배우자의 과도한 음주와 폭행 탓에 스스로 목숨을 끊고 싶다는 사람이 많다.
괴롭다. 술을 안 마시는 나는 도무지 이해할 수 없다.
지금도 술에 취해 주위 사람을 두들겨 패는 사람 때문에 삶이 송두리째 파괴되는 사람들의 고민을 읽고 있자면 비참한 기분이다.

Q

청춘이 원래 힘든 건가요?
아니면 사회라는 게 원래 힘든 건가요?
스스로 만든 목표를 좇는 하루하루가
너무 외롭게 느껴지네요.

어제부터 출퇴근을 달려서 하고 있다. 러닝 앱으로 재어 보니 왕복 5킬로미터 정도 된다.

한창 달리기 좋아하던 십 년 전에 비하면 체력이 형편없이 약해져 1킬로미터만 달려도 숨이 차고 다리가 후들거리지만 나는 안다.

내일은 좀 더 나을 것이고, 모레는 좀 더 나을 것이라는 걸.

그러니까 달린다. 중요한 건 계속해서 달리는 것. 멈추지 않는 것. 느리더라도 힘들더라도 지치더라도.

Q

이 년 전에 아빠가 위암이랑 장암을 앓고 가셨어요. 그때 전 중3이었습니다.
새벽에 병원에서 연락 받고 아빠한테 가 보니 이미 혼수상태이셨어요.
그때 다른 식구들은 우느라고 모두 병실 밖에 나가 있었고
저 혼자 아빠 옆에 있었는데, 정말 이상하게 그날은 꼭
이 말은 해야 할 것 같은 거예요. '사랑해!'라고요.
그런데 제가 그 말을 너무나도 작게 말했어요. 그리고 그날 아빠가 떠나셨는데
아직도 그날 그 말을 작게 말한 게 후회돼요.
이 년이 지났는데도 아빠가 보고 싶어 죽겠어요.
친한 친구한테도 가족한테도 말 못 하고 답답했던 거
여기에 쓰고 갑니다.

아버지가 임종을 맞이하는 순간 나는 아무런 말도 못 했다. 내내 후회가 되는 일이다.

Q

세상에 날 위하는 사람이
단 한 명도 없어요.
진짜 왜 사는 걸까요?

그 한 사람을
만나기 위해서
아닐까묘.

골수 기증할 때 솔직히 고민했다. 아픈 건 싫었으니까. 게다가 척추에 쇠바늘을 직접 꽂는다니. 내가 망설이는 것 같아 보이자 간호사 분이
연락이 와도 거절할 수 있다며 안심시켰다. 내가 거절을 하면 환자는 다른 기증자를 기다리거나 죽겠지. 그래서 골수 이식 신청을 했다.
당시만 해도 나에게 세상은 어둠 그 자체였다. 집은 망했고, 어머니는 우울증에 걸렸으며, 상상할 수 있는 나의 모든 미래는 더없이 초라했다.
하지만 죽기 전에 사람을 한 명이라도 살릴 수 있다면, 적어도 그 사람에게는 구세주가 될 수 있다면, 내 삶이 완전히 의미 없지는 않겠구나
싶은 생각에 신청을 했다. 살면서 사람을 살릴 수 있는 기회가 흔치는 않다. 그러니 여러분도 골수 기증 신청을 합시다.
요즘에는 혈액에서 조혈모세포를 채취하기 때문에 아프지 않습니다. 많이 신청하세요.

이십 대 초반 여대생입니다. 학교 밖 사람들과 교류를 하고 싶어서

학원을 다니거나 아르바이트를 했는데

그때마다 남자 어른들이 저에게 불순한 의도로 접근을 많이 했습니다.

그들은 저랑 나이 차이가 얼마나 나든지 상관하지 않고

저에게 개인적으로 연락을 하고 희롱했습니다.

그때의 트라우마 때문인지 지금도 이성 친구를 만나다가

그 남자 어른들과 조금이라도 비슷한 모습이 보이면

혐오감을 느끼고 예민하게 반응하게 됩니다.

이성 친구와 정상적인 관계를 맺고 싶은데 어떻게 해야 할까요?

피해자의 상처가 아물지 않은 상태에서 조심하는 것은 비정상이 아니다.
그것을 배려하지 못하는 것이 정상은 아니듯.

Q

이 길은 제 길이 아닌 것 같아서 포기하고 싶은데
다들 끝까지 가 보지도 않고 그만두는 건
어리석은 거래요.
남들 기대 때문에 내가 원하지도 않는 걸
억지로 하고 있으려니 마음이 너무 힘듭니다.

“너는 왜 그렇게 쉽게 시작하고 쉽게 포기해?”라는 친구의 물음에
“안 되는 건 빨리 집어치우고 될 만한 걸 찾는 중이거든”이라고 답했다.

Q

저는 이십 대 후반 여자입니다. 동성을 사랑하며 같이 살고 있습니다.
그런데 살다 보니 자꾸 주위의 시선이 신경 쓰입니다.
같이 길을 걸어도 주변에서 우리를 보고 수군거리는 것만 같고…
그럴수록 저는 더 남자처럼 보이려고 애를 씁니다.
주변에서 평범한 커플로 볼 수 있도록요. 늙어서 꼬부랑 할머니가 되어도
동성을 사랑할 것 같고, 지금 내 모습은 변하지 않을 것 같은데…
작가님, 힘을 주세요.

사랑하며 살기에도 바쁜데 왜 그리 미워하지 못해 안달인지.

Q

소위 말하는 지잡대에 다니는데,
밑바닥 인생인 것 같아서 걱정이에요.
정신을 못 차려서 그런 건지
공부도 열심히 하지 않는 것 같고
이래저래 심란합니다.
따끔한 한마디 좀 해 주세요.

'아, 나는 재능이 없나 봐. 포기하자'라고 생각하는 순간 모든 가능성은 끝이 난다고 생각하기 때문에
나는 아직 작곡가의 꿈을 버리지 않고 있다. 쥐똥만 한 재능은 있을 거라고 믿으면서.
작곡가의 꿈을 버리지 않겠다니 기대하겠다는 김형석 작곡가님,
식은땀이 줄줄줄 나지만 언젠간 새카만 후배 작곡가가 되어 보도록 노력하겠습니다.

서른 중반의 여자입니다.
현재 사 년째 만나고 있는 남자가
술만 마시면 제게 쌍욕을 합니다.
살면서 들어 본 온갖 굴욕적인 말들은
다 이 남자에게 들었습니다.
알아요. 헤어져야 한다는 거.
그런데 이별이 왜 이렇게 무섭죠?
제 나이와 현재의 초라한 제 모습이
제 발목을 붙잡네요.
이별할 용기를 주세요.

살다 보면 최선을 다했음에도 그것을 당연하게 느끼는 상대를 만나게 된다. 실망스럽지만 내가 할 수 있는 일은

상대가 그것을 후회하게 만들 정도로 더 열심히 살아서 내 노력을 인정해 주는 상대를 만나는 것밖에는 다른 도리가 없다.

연애 얘기가 아님. 상대에게 '당연한 누군가'가 되어 버리면 슬퍼하지 말고, 노여워하지 말고 떠날 것. 그것이 내가 불행해지지 않는 방법.

인정해 주는 사람에게 인정받는 것만으로도 불행은 피할 수 있다. 인정해 주지 않는 상대에게 아무리 화를 내고

'나를 인정해 달라'고 떼를 써 봤자 나만 불행하다. 내가 곁에 있어도 날 대수롭지 않게 생각하는 상대에게선 떠나도 큰일 나지 않는다.

Q

그림 그리는 사람입니다.

조금이지만 점점 봐 주는 사람들이 생기고 있는데

몇몇이 계속 제 욕을 하고 다닙니다.

전혀 누군지도 모르는 넷상의 사람들이 말이죠.

이젠 말까지 지어내서 욕하는데

너무 억울해서 잠도 안 오고 눈물만 나와요.

어떡해야 할까요?

나는 재능이라는 말을 별로 신뢰하지 않는다.

내가 처음 트위터에 그림을 올리기 시작했을 때 온갖 말로 비아냥거리며 '나의 재능 없음'을 조롱하던 사람들을 똑똑히 기억하고 있기 때문.

그저 꾸준히 걸어가면 어디엔가 도착한다는 것만 믿을 뿐이다. 아, 물론 요즘도 '이런 그림으로 잘도' 내지는 '날로 먹는다'는 말을 종종 듣는다.

하지만 신경 쓰지 않는다. 나는 내 나름의 최선을 다하고 있으니까.

Q

인생의 미래가 보이지 않습니다.
죽고 싶어요.

'인생 어떻게든 된다'는 말을 '그러니 가만히 있자'로 받아들이는 사람이 있고, '뭐라도 하자'로 받아들이는 사람이 있다.
전자는 어디로도 가지 못하고, 후자는 많이 다칠 것이다. 어쨌든 결국 둘 다 죽는다.

Q

죽고 싶은 게
잘못입니까?

어항의 물고기들이 못살겠다며 스스로 목숨을 끊기 시작한다면, 어항 환경에 뭔가 문제가 있는 게 아닌지 먼저 살펴봐야 하는 거 아닐까.
'약해 빠진 물고기들아, 긍정적으로 생각해 봐'라며 방치할 게 아니라.
'먹이가 별로 없지만 먹이가 많다고 생각해 봐'라거나, '수질이 3급이지만 4급인 물속에서 생존하는 희귀 물고기들도 있단다'라거나,
'정 힘들면 혼자 파닥파닥해서 어항을 나와 보던지'라는 말이 무슨 의미가 있나.

Q

미래를 비관적으로만 보는 고2 학생입니다.
고등학생 때는 말 그대로 공부만 했습니다.
그런데 대학 가도 마냥 놀 수 있는 게 아니라
취업 준비와 학점 관리에 허덕여야 하고,
간신히 취직한다 해도 결혼하랴, 애 낳으랴, 애 키우랴…
끝이 없는 것 같아요.
이렇게까지 해서 살아야 하는 이유가 뭘까요?

서른여덟 해를 살아오며 희미하게 깨달은 것은, 세상은 생각보다 인과율과 상관없이 흘러간다는 것이다.

죄를 짓고도 벌 받지 않는 사람을 많이 보았다. 옳은 일을 하고도 비난받는 사람도 많이 보았다.

노력했으나 이루지 못하는 사람 역시, 한 것보다 터무니없이 이룬 사람만큼이나 많이 보았다.

다소 허무해지고 비관적이 되곤 하지만 그래도 시도는 멈추지 않는다. 인생이 어차피 복불복이라는데 많이 하다 보면 뭐라도 하나 걸리겠지 싶어서.

Q

안녕하세요. 현재 고2인 여고생입니다.

저는 항상 자살과 우울증 고위험군으로 나타나고, 실제로 자해와 자살 시도도 했어요.

학교 상담실도 가 보고, 정신과도 가 보았어요.

의사 선생님 말씀으로는 제가 사람들의 눈치를 많이 보고 불안해한대요.

근데 제가 평소에는 이런 걸 잘 티를 안 내서 그런지

엄마는 이런 제 상태를 말씀드려도 믿지 않으시더라고요.

의사 선생님은 검사를 다 한 것도 아니고, 아직 나이가 어려서 그런 걸 수도 있으니

일단 지켜보자고 하셨어요. 그리고 그렇게 일 년이 지났어요.

앞으로도 저 혼자 이 모든 것을 감당하고 참으면서

살아야 하는 걸까요? 엄마는 지금도 제가 많이 힘들다는 걸

모르시는 것 같아요. 그저 힘드네요.

청소년 자살의 원인을 '갈수록 나약해지는 청소년'으로 보는 듯한 인식은 옳지 않다. 되려 감당하기 어려운 억압 상태를 계속 유지하는

사회의 탓이 더 크지 않을까. 도망칠 수도 해소할 수도 없는 상황을 그저 감내하라고만 강요하는 건 무책임한 방관일 뿐.

끝없는 경쟁을 통해서만 사람다운 삶을 살 수 있는 구조를 만들어 둔 채, 낙오되는 사람들을 그저 방관하는 사회가 청소년들을 죽이는 것이라는 게

나의 생각이다. 통계에 따르면 9~24세 사이의 누군가가 오늘 또 한 명 스스로 목숨을 끊었을 것이다. 삶을 시작하는 누군가가 스스로

포기를 하게 만드는 사회가 무섭다. 물론 모든 사람을 완벽히 돌보는 것은 불가능하겠지만, 개인의 나약함으로 미루는 것은 너무 비겁하다.

요새 아무에게도 고민을 털어놓지 못하고 겉으로는 괜찮은 척하며 지내고 있지만,
시도 때도 없이 눈물이 나와요.
저도 너무 힘들지만, 이런 저로 인해 상대방이 힘들까 봐
힘들어도 전혀 내색하지 못하고 있습니다.
엄마는 새로운 사람이 생겼는지 저에게 무관심할 뿐이고요.
이 년 전에 돌아가신 아버지가 너무 보고 싶습니다.
제가 죽어도 세상은 잘 흘러가겠지요? 울어 주는 사람도 없을 것 같네요.
작가님께 답변이 오길 기다리며 살아보겠습니다.

고민 중에는 우울증을 앓고 있는 분들의 고민이 많다. 나는 의료인도 아니고, 의학적 지식도 없기 때문에 뭐라 답해야 할지 몰라
답하기가 망설여진다. 하지만 그분들 또한 의사가 아닌 나에게 의학적 처방을 원하는 건 아닐 거라는 생각도 든다.
그렇기에 내가 해 줄 수 있는 이야기는 '기다리겠습니다'밖에는 없다. 확신을 갖고 치료에 임할 수 있도록, 긴 싸움 지치지 않았으면 하는 마음에 건네는
무력한 그리고 무의미한 말이지만 기다리고 있는 사람이 있다는 사실은 힘이 되지 않을까 싶어서. 그리고 나는 진심으로 간절히 기다린다.
치료는 의사가 해 줄 테니, 나는 언제가 될지 모르지만 돌아오는 그 날, 선물을 드리고 싶다. 그냥 그런 마음이다.

Q

직장 6개월 차입니다. 얼마 전부터 출근길에 누군가의 차에 치여 출근을 못 하게 되면 좋겠다는 생각을 합니다. 때로는 누군가 날 절벽에서 밀어 줬으면 좋겠다는 생각도 하고요. 그래서 일을 관둬야겠다 싶다가도, 관두고 뭐 먹고 살지 걱정이 되어 이러지도 저러지도 못 하고 있어요. 워낙 취업난이 심하니까요. 힘들어도 다들 그렇게 산다고 하니까 내가 나약한 건가 하는 생각도 들어요. 남들이 쯧쯧거리는 거 듣지 않으려고 하지만 자꾸 들려오고, 또 이를 악물고 참다가도 어느 순간 너무 힘들어 혼자 엉엉 울어 버리게 됩니다. 제가 정말 나약한 건가요? 그냥 지금 너무 힘드니까 스스로 도망가려는 핑계를 만들고 있는 건 아닌가 하는 생각도 듭니다.

행복으로 가는 길이 너무나도 고통스러워 도망쳤다. 그런데 별일 없더라.

재밌는 건 '너는 반드시 불행해질 것이다'라고 말하던 사람들이 요즘은 '너 행복하겠다'라고 말한다는 것.

고통을 감내해야 성장한다는 전국민적 SM 판타지가 있는 것 같다.

운이 좋아 살아남은 것을 자신의 인내의 결실이라 믿는 그런 뭐랄까, 좀 또라이 같은 망상도 있는 것 같고.

Q

재수생입니다.
공부를 해야 하는 걸 알고 있는데도
하고 싶지 않아요.
아직 정신을 못 차렸나 봅니다.
한마디 해 주세요.

정신은 번쩍 들었을지 몰라도 가슴이 아팠을 것 같아 죄송한 마음.

지금은 원하는 길을 걷고 계시길. 아니라면 모쪼록 즐거운 하루 되시길.

「내 멋대로 고민 상담」을 보면 나만 이런 고민을 하고 있는 게 아니구나 싶고,
모두 힘들게 열심히 살고 있다는 생각에 힘이 납니다.
그래서 저도 이번에 계속 취미로만 여겼던 그림을 전문적으로 배워 보려고
학원에 상담을 예약했습니다.
열아홉 살, 다른 사람들은 늦다고 생각할 수도 있는 시기이지만 더더더더 늦기 전에,
후회할 거라면 차라리 미련이라도 버리자는 마음으로 시작하려 합니다.
저의 포부에 힘을 실어 주는 한마디 부탁드립니다.

나는 고등학교 이후 그림을 배워 본 적도 없고 제대로 그려 본 적도 없지만 지금 만화가를 하고 있다.
이 사실이 '미술을 전공하지 않았는데 그림으로 먹고살고 싶다'는 생각을 하는 사람들에게 희망이 되었으면 좋겠다.
비록 지금은 나도 먹고살기 힘들지만, 언젠가 꼭 먹고살 만해져서 누군가에게 용기를 줄 수 있으면 좋겠다.

Q

죽고 싶어요. 어릴 때부터 이상한 별명으로 불리고,
찐따라고 욕 먹고 그렇게 거부당하면서 살아왔어요.
지금은 좀 나아지긴 했지만, 친구들이 제가 예전에 들었던 말과
조금이라도 비슷한 말을 하면 제 얘기를 하는 것 같아 마음이 힘듭니다.
하루에도 그냥 뜬금없이 샤프로 제 목을 쑤시고 손을 파 버리고 싶어요.
피해망상증이 너무 심한 것 같아요, 저는. 그냥 죽고 싶어요.
밥을 먹다가도, 공부를 하다가도, 얘기를 하다가도 그냥 죽고 싶어요.

저는 당신을
모릅니다.

그리고 제가 하는
어떤 말도 당신에게
직접적인 도움이 되진
않을 거예요.

세상은 앞으로도
변함없이 가혹할 것이고,
더 많은 시련과 고통이
당신을 기다리고 있을지
모릅니다.

사실 저도
왜 살아야 하는지
어떻게 살아야 하는진
잘 모르겠고요.

살아 있길
잘했다 싶을 정도로
재미있는 만화를
그릴 테니까.

당신을 위해서
꼭 그릴 테니까.
지켜봐 주세요.

지금은
재미없지만...

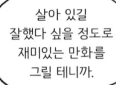

일단 그때까지
잘리지나
말아야겠지만….

* 농담이 아니에요.
당신의 이름을 알려 주세요.
다음 만화는
당신이 주인공입니다.
만화가인 제가
할 수 있는 게
이런 것밖에 없네요.

농담인지 진담인지 알 수 없지만, 고민 중에는 자살을 암시한 글이 많다. '죽고 싶어요'가 아니라 '이제 곧 죽을 겁니다. 안녕히 계세요'라는 글들.

숨이 막히고 머리가 아픈데, 간절히 거짓말이길 비는 수밖에 없다. 힘들다.

내가 막을 방법이라도 있다면 어떻게라도 막아 볼 텐데. 그저 순간순간 숨이 막힌다. 고민을 보기가 두렵다. 다 거짓말쟁이들이었으면 좋겠다.

실제로 이분과는 연락이 되었고, 이분을 주인공으로 한 만화를 준비 중입니다. 벌써 삼 년째 준비 중이라는 게 문제지만. 어쨌든 계속 기다려 주세요.

Q

도와주세요. 평소 모두를 좋아해야 한다는 마음가짐으로 살고 있는데,
요즘 여러 가지 일이 겹치며 사람들이 절 싫어하나 싶어 불안합니다.
무조건적으로 좋아하고, 어떤 장난도 받아 주고, 특별히 제가 잘못한 것도 없는데 말이에요.
게다가 학업이나 진로 문제가 겹쳐 죽고 싶다는 생각이 일상적으로 듭니다.
옥상에서 떨어지면 한 번에 죽을 수 있을까, 손목을 그으면 시원할까,
이런 생각이 늘 머릿속을 맴돕니다. 제가 죽으면 슬퍼할 사람이 있고,
죽는 건 나약한 행동이라는 것도 잘 아는데….
누구든 힘내, 괜찮아, 살아갈 수 있어,
이 세 마디만 말해 주면 좋겠습니다.

「내 멋대로 고민 상담」 연재를 시작한 뒤론 '잘 될 거야', '힘내', '다 지나갈 거야', '참고 이겨 내'라는 말이

누군가에겐 매우 슬픈 말일 거라는 생각을 하게 되었다.

그 말을 하는 사람의 마음을 이해하지 못하는 것은 아니지만, 어떤 이들에겐 아무런 소용이 없는 매우 쓸쓸한 말이기 때문에.

수천 개의 고민을 읽고 생각하고 조금이라도 이해하려 노력하다 보면 문득 나도 슬퍼진다.

이해하려고 애쓰는 만큼 나도 젖어드는 기분. 슬픔이 너무 많다. 이렇게나 많은 슬픔이 있는 줄 예전엔 몰랐다.

네 인생 네 멋대로

대충 살아

뭐가 되든, 되지 않든

응원할 테니까

뜻대로 되지는 않겠지만 연애

Q

여자가 고백해도
괜찮을까요?

사람이 해도
괜찮은 일 중에
여자가 해서
안 되는 일은 없어묘.

여중에 강연을 간 적이 있는데, 강연과 별개로 매우 의미 있는 시간이었다. 그 또래의 여학생들이 바닥을 뒹굴며 소리 지르고
신나게 뛰어노는 모습을 본 적이 없기 때문이다. 당연히 그럴 수 있다는 것을 모르고 살아왔다는 게 부끄러웠다.
나는 중학교, 고등학교, 대학교까지 모두 남녀 공학을 나왔는데, 그런 모습을 본 적이 없다. 남학생들은 그 기간 내내 늘 날뛰며 살았는데
여학생들은 점점 뛰지 않고, 이른바 나대지도 못하게 되었다. 남학생의 날뜀은 당연한 것으로 인정받고, 여학생은 교정되다니 참 이상하다.
그 과정 중에 여학생들의 많은 가능성들 역시 사라졌을 것이다. 막연히 여중과 여고가 여성성을 강화하는 곳이란 생각을 했는데,
되려 다양성을 인정해 주는 곳이란 생각을 하게 되었다. 그 다양성이 또래 남성의 시선이 배제되어 있기 때문에 가능한 것은 아닐까 싶기도 하고.

Q

좋아한다는 감정이 뭘까요?
태어나서 한 번도
연애를 해 본 적이 없어서
썸 타는 느낌이 뭔지
전혀 모르겠습니다.

타인을 좋아한다는 것은 기묘한 일이다.

나와 전혀 상관없는 삶을 살아오다 어느 순간 교차했을 뿐인데, 남은 삶의 궤도를 바꾸고 싶다는 생각이 들 정도니 매우 위험한 감정이다.

상대 역시 나를 좋아하기라도 하면 문제가 심각해진다. 평생 하지 않았을 말을 쉴 새 없이 속삭이고, 절대 하지 못했을 짓을 쉬지 않고 하며,

다시는 할 수 없을 정도로 온 마음을 다해 기뻐하고 슬퍼하게 되니까.

물론 언제 그랬냐는 듯 쉽게 잊기도 하지만.

Q

남자 친구가
군대를 갔는데
기다려 주면 변할까 봐
무서워요.

선빵을 치세요.

신병교육대 동기 중 하나는 체대를 다니고 키가 훤칠하게 큰 미남이었다. 매일같이 여자 친구가 얼마나 예쁘고 착하며 또 자신을 위하는지 끊임없이 떠들어 댔다. 숨겨 둔 보물 지도를 보여 주듯 내민 사진 속 여자 친구는 동기의 품에 안긴 채 환하게 웃고 있었다.

그런 그녀가 이별을 고한 것은 불과 이 주도 되지 않아서인데, 동기는 관물대 쪽으로 돌아앉아 내내 눈물을 흘렸다.

나는 그에게 그녀를 원망할 수는 없는 일이라고 말했다. 어차피 다 언젠가는 헤어지고, 그게 지금일 뿐이니 잊어버리라고 했다.

그는 눈물 콧물로 범벅이 된 얼굴로 돌아보더니 "걔보다 네가 더 밉다"고 했고, 나는 "그러면 됐어"라고 말했다. 그러면 된 거지 뭐.

Q

고백할 수 없는 그 사람이
너무 좋아요.
어떻게 잊죠?

어떻게
잊겠습니까?
그저
잊혀질 뿐이에묘.

그런 적이 나에게도 있다. 너무 좋아하는데, 용기가 없어 마음을 전하지 못했다. 거절당하는 것이, 그래서 상처받는 것이 두려웠다. 죽는 줄만 알았다.
이 사람이 아니면 앞으로 제대로 된 삶을 살 수 없을 거라 생각했고, 그래서 내처질 바에는 원하지 않는 쪽을 택했다. 그러면서 한편으론
'하지만 그대를 향한 연모의 마음은 죽을 때까지 간직할 테요' 하고 사뭇 비장하게 다짐했는데, 지금은 이름은 물론 얼굴도 기억이 나지 않는다.
정신을 집중해 떠올리려 해도 당최 떠오르지 않는다. 왜 좋아했는지도 도통 모르겠다.
그러고 보면 잊는다는 것은 자동사가 아닌 타동사인가 보다.

Q

좋아하는 사람에게
소심해서 말도 못 걸겠고
예전보다 더 어색하게 굴게 돼요.
이러다 그 사람한테
내가 좋아하는 걸 들킬 것 같아요.
작가님은 좋아하는 사람에게
어떻게 다가갔나요?

연애는
암살이 아니야.
들켜야 시작해.

대학교 때 친구 하나가 짝사랑에 빠졌다. 다가가 말을 건네지는 못하면서 숨어서 찍은 사진을 간직한 채 남몰래 좋아했다. 좋게 말하면 수줍은 것이고, 나쁘게 말하면 스토커라 적잖이 근심스러웠다. 하지만 수줍은 주제에 고집불통이라 아무리 어르고 달래도 좀체 다가서질 못했다.

그러는 사이 상대는 연애를 시작했고, 그 사실을 알게 된 날 친구는 인사불성이 될 때까지 만취해 버렸다. 친구는 술에 취한 채 먹고 있던 츄파춥스를 바닥에 힘껏 내리쳐 산산조각을 내고는 씩씩거렸다. 이해할 수 없는 노릇이다. 숨어서 구경만 했으면서 무엇에 분통을 터뜨리고 있는지 알 수 없었다. 뒤늦게 생각해 보니 그것은 스스로에 대한 원망이 아니었을까.

Q

정말 사랑하는 남자 친구가 있어요.

서로를 진심으로 사랑했고 결혼을 생각할 만큼 서로 진지했습니다.

그런데 그가 제가 정말 후회하고 있는 과거가 적힌 일기장을 보고 말았어요.

처음에 그는 도저히 납득할 수 없는 과거라며 헤어지자고 했습니다.

하지만 다행히도 힘들지만 과거는 그냥 묻겠다며 다시 잘 지내보자고 합니다.

저희는 다시 예전처럼 돌아갈 수 있을까요?

조급한 마음과 불안함이 저를 힘들게 하네요.

하지만 놓치고 싶지 않아요.

남자 친구가 다시 저를 신뢰하게 될 수 있을까요?

'잊으라'고 말하는 것은 정말 잊길 바라는 것도 있겠지만, '이젠 귀찮다'의 의미도 있을 것이다.

괴로워하는 모습을 보는 것이 귀찮다.

그걸 달래 주는 것이 귀찮다.

떠오르지 않도록 배려해 주는 것이 귀찮다.

다시 그런 일이 벌어지지 않도록 신경 쓰는 것이 귀찮다.

Q

저는 키도 작고 뚱뚱해요.
오십 일 정도 만난 남자 친구가 있는데
저를 왜 좋아하는지
모르겠어요.

'나를 왜 좋아할까?'라는 생각을 나도 해 본 적이 있다. 이유는 알아내지 못했다.

'뭔가 마음에 드는 게 있겠지→땡큐'의 단순한 추론으로 끝나 버리기 때문이다. 사실 내가 봐도 나는 딱히 내세울 것이 없었다. 뭐 하나 남보다 뛰어난 것이 없어 게임으로 치면 적당히 랜덤으로 만들어 낸 캐릭터인데, 누군가는 이런 이도 저도 아닌 특성을 좋아할 수도 있는 것이겠지.

결국 개인 기호니까. 그게 가장 중요하지 않을까. 개인 기호에 맞는 사람이라는 점.

Q

남자 친구가
멀리 사는데
바람피울까 봐
불안해요.

눈에서 멀어지면 마음에서 멀어진다지만, 마음에서 멀어지니 눈 평계를 대는 경우도 많다.

서로 좋아해서
사귀었다고 생각했는데
다시 사귀기 전 관계로
돌아가자고 합니다.
제가 좋아하는 감정을 표현하는 게
부담스럽다면서요.
이건 뭐죠?

개인적으로 좋아하는 마음을 억지로 맞추는 것은 어렵다고 생각한다.
아무리 애를 써 봤자 아귀가 맞지 않는 병뚜껑을 어거지로 우겨 넣는 꼴이다.
그래 봤자 남는 건 서로 간의 상처뿐일 테지.

Q

헤어진 남자 친구가 지금 군대에 있어요.
그런데 저한테 사랑한다고 보고 싶다고
자꾸 편지를 보내요.
전 물론 답장을 보내지 않고 있어요.
제가 기다린다고 할 때는 부담된다며
자기가 헤어지자고 해 놓고,
이제 와서 이런 행동하는
이유가 뭘까요?

나는 그랬다. 연애를 하고 싶은 마음이 가장 큰 곳이 군대였다. 왜 그렇게 불효했을까 통탄했던 곳도 군대였다.

제대만 하면, 사회인만 되면 온 마음을 다해 사랑하고, 분골쇄신의 각오로 효도하고, 멸사봉공의 정신으로 사회에 이바지하려고 했다.

너무 뻔해 시시한 이야기지만 제대 후 동서울 터미널에 도착하기 전에 그 마음은 말끔히 사라졌다. 여전히 사라진 채다.

Q

남자 친구가 거의 매일 밤새 술을 마셔요.
매번 그러지 않겠다고 약속을 하지만
지키질 않네요.
하지만 제가 친구들과 놀겠다고 하면
하나부터 열까지 캐묻고,
연락이 바로바로 안 되면 버럭 화를 냅니다.
저를 못 믿어서 이러는 걸까요?
아니면 다른 이유가 있는 걸까요?

친인척 중에 알코올 중독 환자였고, 결국 알코올 중독으로 돌아가신 분들이 여럿 있다.

그래서일까. 나는 술을 마시지 않는다. 딱히 좋은 줄도 모르겠다. 실수를 하게 되는 것 같아 더 조심스럽다.

주변에선 내가 술을 마시지 않아 놓치는 것이 많다지만, 마시지 않음으로 얻을 수 있는 것도 많다.

Q

남자 친구가 청소년기에
전과가 있었다는 것을 우연히 알게 되었습니다.
오 년을 알아 왔지만 상상조차 하지 못했던 일입니다.
남자 친구는 크게 뉘우치고 깊이 반성하고 있다고 하지만
사람이 쉽게 바뀌겠나 싶은 마음에
어떻게 해야 할지 난감합니다.
사람은 정말 바뀌지 않을까요?

민감한 질문에 고심 끝에 답변을 하면 "뭐가 어떻다!", "왜 이건 고려하지 않느냐!"라는 말을 종종 들었는데,
질문 당사자가 감사하다는 인사를 남겨 주어 위태위태하지만 계속 그려 나갔다.
나는 똑똑하지 않기 때문에 질문자에 대해서만 생각했다. 모두를 만족시킨다는 건 나로서는 무리였다.
그리고 이건 만화이다. 하지만 어느 누구에게도 상처 주지 않도록 더, 좀 더 신중할 것이다.

Q

여자 친구는
저랑 헤어진 지 한 달도 안 돼서
새로운 사람이 생겼어요.
작가님, 사랑이 무엇일까요?
괜히 눈물만 나네요.

이별 후 얼마의 시간 뒤에 새로운 연애를 시작해야 할까. 모른다. 그런 기한을 정해 주는 기관이 있는 것도 아니고, 전통문화 같은 것이 있지도 않다. 어느 날 유엔에서 '세 달은 기다려 줍시다'라고 선언해 봤자 들을 사람도 없을 것이다. 바람처럼 왔다가 바람처럼 간다. 민들레 홀씨처럼 눈치채지 못한 곳에서 피어난다. 설명은 그럴싸한데, 사실 딱히 아름답고 신비로운 이야기만은 아니다.

Q

이 년을 넘게 사귄 여자 친구가 있는데,
사칙연산도 잘 못할 정도로
배움이 부족해요.
제가 가르쳐 줘야 하나요?

평소 나는 내가 베푼 것만 기억한다. 내색은 안 하지만 솔직히 그렇다.

하지만 곤경에 처하게 되면 알게 된다. 내가 얼마나 많은 사람들의 호의로 살아왔고, 배려 덕에 힘든 시간을 버틸 수 있었는지.

문제는 그런 깨달음도 잠시뿐이라, 좀 살 만해지면 금세 까먹어 버린다. 잊지 않으려 하는데 쉽지 않다.

그래서 억지로라도 상기하려 노력한다. 이마저도 쉽지는 않다.

Q

사랑하는 사람을
잊는다는 게
왜 이리
힘든 걸까요?

'클로저'라는 말이 있다고 한다. 연인 간에 이별을 하고도 서로 원만한 관계를 유지하기 위해 거치는 과정이라는데, 글쎄 나로서는 잘 모르겠다.
헤어졌으면 그냥 헤어진 걸로 끝을 내고 싶다. 그 사이에 '원만한'이라는 다리를 놓아 시시때때로 상처를 주거니 받거니 하고 싶지 않다.
그것이 지금 사랑하는 사람에 대한 예의인 것도 같고.

Q

섹스
해 봤냐?

Q

사랑한 기억을
지워 버리는 방법이
있을까요?

주성치의 〈서유기2-선리기연〉에 '사랑에 유통 기한을 둔다면 만 년으로 하겠소'라는 대사가 나온다(원래는 〈중경삼림〉에 나오지만).
당시 중학생이었던 나는 꽤나 깊은 감명을 받아 '나도 만 년짜리 사랑을 하겠어!'라는 터무니없는 다짐을 했었는데, 삼 년이 한계다.
인간은 망각의 동물이고, 망각은 인류의 축복이다. 아무렴.

Q

전 남친 새끼가 결혼한다고
친절히 문자를 보내줬네용.
뭐 하는 새끼일까용?

Q

최근 고백했다가 차였습니다.
사람으로서는 괜찮지만
남자로서는 그저 그렇다는 식의 답변을 듣고
자존감이 많이 떨어졌습니다.
이런 말을 듣고 차인 게 한두 번이 아니어서
연애는 나와는 인연이 없다는 생각마저 듭니다.
이 세상에 '있는 그대로의 나'를 사랑해 줄 사람이
있기는 있는 걸까요?

"네가 세 살 때까지 준 행복한 기억 때문에 키워 준 거야." 어머니가 말했다.
농담이라고 생각해 '어머니의 유머도 제법이군' 하고 생각했는데, 지나와 생각해 보니 진심이었던 것 같다.
그렇다면 나는 도대체 얼마나 귀여웠길래 수십 년을 버티게 해 줬던 거지. 농담입니다.

Q

좋아하는 사람한테
고백하고 싶은데
겁이 나요.

될까 말까, 할 수 있을까 없을까 망설여질 때 나는 일단 시작해 버린다. 당연히 버겁고 힘들어 울면서 후회한다.

그래도 어떻게 꾸역꾸역 하기는 한다. 자괴감이 굉장히 심하고 몸도 마음도 지치는데, 다행히 미련은 없다.

물론 실패할 수도, 그래서 낭패를 볼 수도 있다. 하지만 성공할 수도, 그래서 득을 볼 수도 있다. 어쨌든 경험치는 오른다.

Q

사
랑
해
요.

엄마?
엄마야?

사랑은 표현해야 한다고 생각했던 나는, 스물대여섯 살까지도 어머니를 끌어안고 볼에 뽀뽀를 하곤 했다.

그때마다 어머니는 칠색 팔색을 하며 난리를 쳤지만 내심 좋아했던 것을 알고 있다.

이제는 어설프게 늙어 안 하고 있는데, 아마 나는 분명 후회할 것이다. 그런 의미에서 어머니에게 다시 뽀뽀를 해 줘야지.

Q

다섯 살 연하인 남자 친구가 있는 여자 사람입니다.

처음에는 남자 친구의 패기에 반해 사귀게 되었습니다.

그저 우리 둘이 서로 사랑하면 된다고 생각했고, 입에 거미줄만 치지 않으면 된다고 생각했습니다.

원룸에 살아도 상관없다고 생각했습니다. 그런데 남자 친구가 공부를 하고 싶다고 합니다.

남자 친구가 공부를 마칠 때까지 기다리면 저는 서른 살이 넘어서 결혼해야 합니다.

저는 이십 대에 출산하고 안정적인 삶을 살고 싶습니다.

남자 친구를 보면 열심히 하라고 응원은 하지만, 사실 어떻게 해야 할지 모르겠습니다.

게다가 남자 친구가 하는 공부는 매우 학문적이라

공부를 마친 뒤에도 큰돈은 기대할 수 없다고 하더라고요.

너무 사랑해서 결혼하고 싶은데 돈은 저 혼자 벌고

자기는 공부만 한다고 하니 정말 난감합니다.

그것이 알고 싶다

누군가의 일방적인 헌신으로 이루어지는 관계는 비정상이다.
헌신하는 쪽이 그것이 너무 좋아 죽을 것 같다고 해도 문제지만, 헌신하는 쪽에게 강요하는 것은 분명히 잘못되었다.
그것이 아무리 큰 뜻이고, 좋은 의미이며, 훌륭한 가치를 가졌다 해도 헌신을 강요해서는 안 된다.

Q

좋아하는 아이가 있는데
남자 친구가 생겼어요.
기다려야 할까요?

기다리면

언젠가
헤어지고

너랑
사귀어줄 것
같아서?

…

재밌네.

비관적이라는 말을 자주 듣는다. 그때마다 나는 '회의적일 뿐이야'라고 답한다.

시작이 있는 모든 것은 끝이 있다. 그것을 알고 나면 딱히 시작을 두려워할 필요가 없다.

끝이 두려워 시작을 하지 않는다면 그건 그것대로 회한의 시작일 뿐이다. 무엇을 더 두려워할 것인지는 스스로 정하는 것이겠지만.

전 스무 살이고, 띠동갑이 넘는 사람을 좋아해요. 그분도 저를 좋아하고요.

하지만 주위 시선이 무서워요.

언젠가 끝날 인연이라는 생각도 들고, '좋아해도 될까?' 하는 생각이 크다 보니

내가 이 사람을 좋아하긴 하는 건가, 어린 마음에 이러는 것은 아닌가 하는 의심마저 듭니다.

그분은 감정에만 충실하고 싶다고 하는데, 저는 왜 자꾸 다른 것에 신경을 쓰게 되는 걸까요?

그분과 함께 있으면 정말 행복한데 자꾸만

'앞으로도 행복할까?', '어차피 헤어지게 될 거야' 같은 생각이 들어요.

작가님은 어떻게 생각하세요?

Q

짝사랑 포기하는 법
혹시 아시나요?

고등학생 때 패러독스 관련 책에서 확률에 대한 재미있는 이야기를 읽었다.

세상의 모든 일들이 일어날 확률은 2분의 1이라는 것이다. 일어나거나, 일어나지 않거나.

예를 들어 내일 해가 동쪽에서 떠오를 확률은 지금 시점에서 2분의 1이다. 동쪽에서 뜨거나, 그렇지 않거나. 물론 거의 100퍼센트의 확률로

내일도 동쪽에서 해가 뜨겠지만, 오늘 중 갑자기 태양이 폭발해 내일은 해가 뜨지 말란 법도 없으니, 현재로서는 2분의 1이라는 얘기다.

써 놓고도 황당한 얘기지만, 그때부터였다. 세상만사에 확률을 따지지 않기 시작했던 때가. 그렇게 황당무계한 삶이 시작되었습니다.

나의 고민

첫 만화 『아만자』의 연재를 마치고, 두 번째 만화인 『DP』를 연재 중인 때였다. 받는 고료는 별반 늘지 않았는데, 무리해서 어시스턴트들의 월급을 올리는 바람에 적자가 나게 되었다. 고료를 올려 달라 요청을 해도 그건 무리라는 답이 돌아올 뿐. 어찌해야 하나 난감하던 차에 연재처에서 '그렇다면 새로운 만화를 하나 더 그리는 것은 어떠냐?'는 제안을 해 왔다. 지금도 가까스로 마감을 하고 있는 와중에 새로운 만화 연재라니. 황당한 소리였지만 달리 방법이 없었다. 이대로는 어시스턴트 월급을 못 줄 테니까. 「내 멋대로 고민 상담」은 그렇게 시작되었다.

사실 나는 남의 고민에 관심이 없는 사람이다. 고민뿐만 아니라 타인에 대해 특별히 관심을 두지 않는 삶을 살았다. '이기적이다', '무신경하다', '재수 없다'는 말이 언제나 나를 따라다녔지만, 타인의 평가에도 무심해 개의치 않았다. 그런 내가 누군지 모르는 상대의 고민을 상담해 준다니. 지난 인생에서 나를 알던 사람들을 한자리에 모아 놓고 이 사실을 말한다면 아무도 믿지 못할 일이었다. 되려 거짓말 말라며 화를 낼 사람도 있을 것이다.

나로서도 난감한 일이었다. 평생 한 번도 헤아려 본 적 없는 남의 마음을 살피려 하니, 뇌에 쥐가 나는 것만 같았다.

그저 읽는 것만으로도 괴로운데 그에 대한 답까지 생각하자니 괜한 시작을 했다 싶어 내내 후회스러웠다. 하지만 이왕 시작한 일 어설피 할 수는 없어 뜬눈으로 지새는 밤이 나날이 늘어 갔다.

백 명의 사람이 있으면 백 가지의 고민이 있는 것이야 당연한 것이다. 하지만 그 하나하나가 감당키 힘든 것들의 연속이었다. 애초에 예상하기로는 '양념 치킨을 먹을까요? 후라이드 치킨을 먹을까요?' 정도일 거라 짐작했는데 고민 백 가지 중 서른 개 정도는 유형무형의 폭력에 관한 것이었고, 열서너 개는 그 폭력으로 인해 삶의 심지가 흔들린 지경에 다다른 것이었으며, 하나 정도는 그래서 삶의 끝자락에서 보내는 구조 신호가 꼭 끼어 있었다. 정확히는 자살 예고 글이 꾸준히 올라왔다.

괴로웠다. 태연히 무시하고 살아온 타인의 삶을, 그중에서도 가장 고통스러운 상처를 들여다보는 것만도 괴로운데, 내가 어찌할 수 없는 상황에서 반복적으로 죽음을—실제로 성공했는지 어땠는지 알 수 없어 단정할 순 없지만— 간접적으로나마 목격하는 것은 이전의 삶에서 겪어 본 적 없는 커다란 고통이었다. 그것들은 잊혀지지 않는 기억으로, 덜어지지 않는 마음의 짐으로 차곡차곡 쌓여만 갔다.

천만다행으로 만화는 성공했다. 이전과 이후로 이 만화만큼 알려진 만화가 없을 정도다. 담당자는 물론 주변 사람들 모두 축하해 줬다. 인지도가 늘어나 부가적인 일도 많이 들어왔다. 이대로라면 제법 돈도 벌 수 있을 것 같았다. 인기 만화가까진 아니어도, 무명 만화가는 벗어날 수 있다는 예감도 들었다. 하지만 나는 더 이상 그리기 힘들다는 결론을 내렸다. 적당히 가벼운 고민만을 골라 두리뭉실 말장난으로 넘긴다면 계속해서 그리는 것은 어렵지 않은 일이다. 하지만 그러고 싶지 않았다. 그럴 수 없었다.

'지금 다리 위에 서 있습니다', '이 글을 마지막으로 뛰어내립니다', '보통 님이 읽으실 때쯤엔 저는 이곳에 없겠죠'라는 말들을 무시할 재간이나 견딜 여력이 없었다. 연재를 시작한 지 딱 3개월이 되던 때로, 아직 답변하지 못한 고민이 팔천육백여 개 남은 상태였다.

그렇게 삼 년이 흘렀다. 독자들에게는 잠시 동안의 휴재를 가진다고 했는데, 아무리 시간이 흘러도 다시금 고민으로 가득 찬 구덩이를 들여다볼 용기가 생기지 않았다. 내내 도망치는 마음이었다. 한편으론, 매일 같이 새로운 만화가 쏟아지고 있으니 금세 잊혀지길 바라기도 했다. 그렇다면 차라리 홀가분할 것 같았다. 이런 식이라면 이내 나는 다시금 나만의 무심한 세계로 돌아갈 수 있을 것 같았다. 하지만 그것은 쉽지 않은 일이었다.

"내멋고는 언제 다시 연재하시나요?"
인터뷰 중 기자가, 팟캐스트 공개 방송의 청취자가, 강연회의 참여자가, 사인회의 독자가 물었다. 친구도 묻고, 어머니도 물었다. 나한테 질문을 할 수 있는 모든 사람은 다 물어 왔다. 하지만 여전히 모르겠다. 아직도 용기가 없다. 헤어 나올 수 없는 슬픔을, 풀어낼 수 없는 갈등을, 해결할 수 없는 난관을, 그래서 어찌할 수 없는 무력감을 감당할 자신이 없다. 어설피 마주할 마음도 없다. 무엇보다, 이제는 더 이상 내게 고민을 남기는 사람도 없을 것이다.

그래. 벌써 삼 년이나 지났으니 이제는 아무도 내게 고민을 묻지 않을 것이다. 그러면 됐다. 궁리 끝에 미로의 출구를 찾아낸 것만 같았다. 기쁜 마음도 들었다. 다시 또 누군가 내게 언제 다시 그리냐고 묻는다면 난감한 표정으로 멋쩍게 웃으며 '이제는 고민을 남기질 않아요'라고 하면 될 일이다. 확인이나 해 두자 싶어 오래간만에-얼마만인지도 모르겠는 정말 오래간만에-고민 글을 남기는 곳에 들어가 보았다.

'제가 너무 의지가 약한 것 같아요.'
불과 열여섯 시간 전에 남긴 새로운 고민이었다. 잊혀지는 것에 실패했다.

그래서, 다시 연재를 시작할 것이냐 하면 할 수밖에. 기다리는 사람이 있으니 어쩔 도리가 없다. 그렇기에 지난 것들을 책으로 묶어 내는 것은 '이제 끝났습니다' 하는 완결의 의미는 아니다. 어찌 됐든 나의 말뿐인 위로를 기다리고 있는 사람들이 있으니 다시 해 보자는 도움닫기에 가깝겠지. 그것이 언제인지는 역시나 모르겠다. 요 근래 내 최대의 고민이다.

그러니, 잊은 듯 기다려 주세요.

2018년 8월
김 보 통

살아, 눈부시게!
김보통의 내 멋대로 고민 상담

초판 1쇄 발행 2018년 8월 1일 **초판 5쇄 발행** 2023년 7월 20일

지은이 김보통
펴낸이 이승현

출판3 본부장 최순영 **어린이 문학 팀장** 박현숙 **편집** 김민정 **디자인** Studio Marzan 김성미

펴낸곳 (주)위즈덤하우스 **출판등록** 2000년 5월 23일 제13-1071호
주소 서울특별시 마포구 양화로 19 합정오피스빌딩 17층
전화 02) 2179-5600
홈페이지 www.wisdomhouse.co.kr **전자우편** kids@wisdomhouse.co.kr

©김보통, 2018

값 16,000원

ISBN 979-11-6220-657-7 00810

잘했어.
앞으로도 잘하겠지만,
못해도 괜찮아.

<삶아, 눈부셔라> 중에서, 김보통

행복은 셀프!

<삶아, 눈부셔라> 중에서, 김보통

봄이 되어 벚꽃이 피어나는데
이유가 있었습니까?
인생을 살아가는 이유 같은 게야 뭐,
대충 적당한 걸 붙이세요.
어차피 다 죽는걸요, 뭐.
벚꽃도, 나도, 당신도.
그러니 그냥 피어나세요!

<삶아, 눈부셔라> 중에서, 김보통

자신의 마음을
망가뜨리면서까지
지켜야 하는 것은
세상에 없어요.

<삶아, 눈부셔라> 중에서, 김보통